ロクでなし魔術　師と
10
追想日誌
—メモリーレコ
Memory records of bastard

Memory records of bastard magic
instructor

CONTENTS

「安心しろ。計算ではたった約一ヶ月だ」
「後悔しかねえんだが!? ていうか、帰る! 誰か助けてくれえええええええええええーーッ!」
三百六十度大パノラマで広がる大海原の真ん中に、グレンの悲痛な叫びが響き渡るのであった――

秘宝を求めて！」

「ココおおおおおおおおおおおおおーーっ！」」

「オェエエエエエエエエエーーっ！」

大海原を行く巨大帆船の甲板にて。

船長《キャプテン》システィーナの音頭にルミア、リィエル、セリカが応じ、グレンが嘔吐した。

「ちょっとちょっと、先生っ！　雰囲気台無しじゃないですかっ！」

「どやかましゃーっ！　こちとら船酔い持ちって最初から知ってんだろ!?　無理矢理連れてきやがってからにこのぉ……ッ！　大体、リィエル！　お前が学院の図書館で、妙な宝の地図見つけるのが悪い！　どうしてくれる！」

「ん。お宝見つけたら、苺タルト、グレンに奢る」

「要らんッ！　つーか、財宝見つけておいて、苺タルトで済ます気かテメーは！　おえええっ！」

そんなグロッキーなグレンを、セリカが介抱する。

「まぁまぁ、グレン。どーせ、すでに誰かに盗られているか、ショボい宝かどっちかだが、たまにはこういう海洋冒険ロマンもいいだろ？」

「ド畜生……お前もお前でノリノリで船手配しやがってからに……まぁ、ちょっと遠出するくらいならな」

グレンがセリカを恨みがましく睨めあげる。

「で？　一体、どのくらいの航海になるんだ？」

「ねぇねぇ、見て見てルミア！　懐かしいの見つけちゃった！」

「え？　なぁにシスティ……うわぁ、これって！」

ルミアはシスティーナが差し出してきた物を見て、思わず目を丸くして破顔する。

それは、一枚の写像画だ。

システィーナとルミアのツーショット。

しかも、二人の容姿が今と比べてやや幼く、身に纏う制服も新品のピカピカである。

そう、その写像画は、二人がアルザーノ帝国魔術学院に入学したばかりの頃のものだった。

「ん。システィーナとルミア……やっぱりかわいい」

「ふふ、ありがとう、リィエル」

「なんか照れるわね」

写像画を背伸びして覗き込んできたリィエルに、ルミアとシスティーナが微笑む。

「それにしても、今となっては懐かしいわね」

「本当だね……あの頃はグレン先生も、リィエルもいなかったし……私達の周り、色々変わったよね？」

「変わったのは環境だけじゃないわ。私達だって、こ

「うん、本当だね……」

ルミアがそんな風にしみじみと変化を実感していると。

「……でも、変わってないものもあるのよね」

不意にシスティーナがジト目でぼやく。

「え？」

「うん……全然、変わってない……」

システィーナの目線は、写像画上のとある部分へと注がれている。

それは——システィーナとルミアの胸部だ。

「…………」

「ど、どうしたの？　システィ」

ルミアが目を瞬かせていると、システィーナは現実の自分の胸とルミアの胸を見比べて……改めて、写像画上のそれと交互に比較して……

「やっぱり……何も変わってない……」

「し、システィ！？」

がくぅん！　と。システィーナは絶望したようにその場に崩れ落ちるのであった。

今日もフェジテは平和である。

ロクでなし魔術講師と追想日誌《メモリーレコード》10

羊 太郎

ファンタジア文庫

3256

口絵・本文イラスト　三嶋くろね

貴方と出会えて、本当によかった

セラ＝シルヴァース

Memory records of bastard magic instructor

Character
アルベルト＝
フレイザー
帝国宮廷魔導士団特務分室所属。グレンの元同僚。帝国随一の狙撃手であり、戦闘から諜報まで多くの任務をこなす、すべてが超一線級の魔導士
グレン＝
レーダス
主人公。アルザーノ帝国魔術学院の魔術嫌いな魔術講師。何事もテキトーでやる気ゼロ、魔術師としても三流で、いい所まったくナシ。だが、本当の顔は――？

セリカ＝アルフォネア
アルザーノ帝国魔術学院教授。若い容姿ながら、グレンの育ての親で魔術の師匠という謎の多い女性。グレンに対しては親バカな一面も
リィエル＝レイフォード
帝国宮廷魔導士団特務分室所属。ルミアの護衛として、学院に編入してくるもなぜかグレンの背中ばかり追っている
システィーナ＝フィーベル
「講師泣かせ」の二つ名を持つ生真面目な優等生。グレンのいい加減さが許せず、いつも叱りつけている様子は学院の名物になるほど
ルミア＝ティンジェル
清楚で心優しい、誰からも好かれる人気者。一生懸命守ってくれるグレンのことを、ひたむきに慕っている。グレンとシスティーナの喧嘩ではよく仲裁役に

セリカの南海大冒険

Celica's South Seas Adventure

Memory records of bastard
magic instructor

「カニ狩りに行くぞ」

今回のことの発端は、セリカの何の前触れもない一言から始まった。

そこは、アルザーノ帝国魔術学院の昼休みの教室。

相変わらずの金欠で、シロッテの枝をかじっていたグレン。

そんな彼の前に、セリカがふらりと現れ、突然、そんな意味不明なことを言いだしたのである。

「うん？　何狩り？」

「だから、カニ狩りだ。カニ狩りに行くぞ」

目をぱちくりさせるグレンが問い返すも、返ってくるのは、他に解釈の余地がない端的な言葉だけだ。

どうやら、セリカは本気で、カニを狩るつもりらしい。

「はぁ⁉　なんじゃそりゃ⁉　なんで俺がそんなことを⁉」

当然と言えば当然だが、グレンが反発する。

「まぁ、落ち着け、グレン。カニ狩り……といっても、これは崇高なる魔術研究と神秘探究の一環なんだよ」

するとセリカが余裕綽々《よゆうしゃくしゃく》と説明を始めた。

「お前、カルキノスは知ってるか？」

「カルキノスっていや……あの希少なカニの魔獣だろ？」

グレンが記憶を掘り起こしながら答える。

「その殻は、自然界の魔力を豊富に取り込んでいて、様々な魔術道具や魔術薬の貴重な素材になる……」

「ついでに言えば、そのカニの身は超絶品で、三つ星レストランでもたまにしか出回らない、幻の高級食材でもあるわけだが……まぁ、それはどうでもいい」

セリカが懐《ふところ》から、一束の魔術論文を取り出す。

「先の学会で、非常に興味深い発表を見てな。帝国海洋調査団が、南のベーリン海域で、超巨大化したカルキノスの存在を観測したそうだ」

「はぁ……？」

グレンが論文を受け取り、パラパラめくると、使い魔の目を通した遠隔的な探査観測の結果だが、確かにそのような旨《むね》が報告されている。

通常、カルキノスは二メトラほどの体長だが、報告に上がったものは、なんと全長二十メトラを超えている。つまり通常の十倍。文字通り桁違いの大きさだ。

「なんか嘘《うそ》くせぇ……これ使い魔、何使った？　測定法は？　観測精度は？　観測条件は？　使い魔の〝目〟の校正《キャリブレーション》はちゃんとやったのか？　条件によっちゃ測定誤差十倍なんてよくあるし、この報告見る限り、かなり杜撰《ずさん》な調査の気がするんだが」

グレンが早速、論文の穴を目敏《めざと》くつつき始めるが。

「あの魔獣カルキノスの超巨大化……一体、なぜそんなことになったのか、お前も魔術師として興味が湧かないか？」

セリカはどこ吹く風で、さらに説明を続ける。

「知っての通り、カルキノスの殻は貴重な魔術素材だ。この巨大化の仕組みが判明すれば、帝国の魔術発展にとてつもなく大きく寄与することになるだろう。私は一帝国民として、この国の躍進に協力したい。どうだ？　グレン、私に協力したくなっただろ？　カニを捕まえたくなっただろ？」

そんなことをいつになく、真摯な表情で言うセリカに。

「なるほど、話はわかった。……で？　本音は？」

グレンがジト目でそう聞くと。

「別に、超高級食材であるカルキノスが食べ放題！　だなんて、ちっとも考えてないぞ」

セリカがそんなことを、しれっと言う。

「……おい」

「いや、本当だって。信じてくれよ、我が弟子。今回、私がカニ狩りに向かうのは、実に重要で大切な理由があるんだよ。トラスト・ミー」

と、その時だ。

ばさり、と。セリカが後ろ手に隠していた、一冊の本が床に落ちる。

グレンがその本を素早く拾い上げ、そのタイトルに目を通す。

「『絶品！　宴会用カニ料理レシピ大全』……」

「おやぁ？　不思議なことだ。なぁんでそんな本が、そんなところに落ちているんだろうね？」

明後日《あさって》の方向を向いて、口笛など吹きながら、そんなことを嘯《うそぶ》くセリカである。

「まぁ、なんだ？　要するにアレだな？　お前、カニ食いたいだけだろ？」

「てへぺろー♪」

セリカは、子供がやれば可愛《かわい》らしいが、大人がやれば実に痛々しいポーズで、ニッコリと笑った。

「ふざけるなぁあああああああああああああ――ッ！　お前の食道楽に付き合って

られっか！」

当然、グレンはセリカの胸ぐらを摑《つか》んで吠《ほ》えかかる。

「大体、ベーリン海といったら、謎の海難事故が多発する、一度行ったら二度と帰れないことで有名な魔の海域じゃねーか！　しかも、幽霊船が出るって噂《うわさ》も！　そんなヤバい場所に行ってられるかぁ！」

「虎穴に入らずんば、虎児を得ずとも言う」

「そもそも、その道中は商用航路の関係で海賊がうようよ……連中とドンパチなんざゴメンだぞ⁉」

「なんか海洋冒険小説っぽくて、燃えるよな、海賊との戦い」

「大体、この巨大カルキノスが本当にいたとして、勝手に狩っていいのかよ⁉　コレ、帝国調査団の管轄じゃねーのか⁉」

「安心しろ、グレン。私がルールだ」

セリカとの会話は、何一つ嚙《か》み合う気配を見せなかった。

「バカ野郎、ふざけんな！」

さしものグレンも、堪忍袋《かんにんぶくろ》の緒が切れる。

「いつもいつも、お前が巻き起こす騒動に振り回されっぱなしだが、今回ばかりは男として、ガツンと言わせてもらう！　ガツンとな！」

グレンが、ばっ！　とセリカに向き直る。

そして、語気強く言い放つ――

「いい加減にしろ、セリカ！　お前の気まぐれな我《わ》が儘《まま》は、もうたくさんだッ！　いいか⁉　俺はそんな危険なことは絶対にしない！　絶対にだぁあああああ――ッ！」

――固有魔術《オリジナル》【ムーンサルト・ジャンピング土下座】を決めながら。

「ガツンと言うんじゃないのか？」

「だからガツンと言ってるだろ！」

ガツン、ガツン！　と額を床に打ち付けながら、グレンが叫ぶ。

「俺は行かない！　行きたくない！　俺を巻き込まないで！　行くなら一人で行ってくれ、お願いしますぅううううううう――ッ！」

と、そんなグレンの前で。

「《其《そ》は摂理の円環へと帰還せよ・五素は五素に・象と理《ことわり》を結ぶ縁は――》」

セリカが、左手に凄《すさ》まじい魔力を溜《た》めながら、世界最強の攻性呪文《アサルト・スペル》、黒魔《くろま》改【イクステインクション・レイ】を唱え始めて――

そして――

――――。

「まぁ、わかりきっていたことではあるが」

グレンが、システィーナ、ルミア、リィエルの三人娘達に振り返りながら言った。

「第七階梯《セプテンデ》には逆らえなかったぜ」

「なんで、そんな無駄に誇らしげな顔なんですかね？　先生」

ジト目で義務のようにツッコミを入れるシスティーナである。

ここは、大小様々な帆船が停泊している、とある港町の港。

セリカに強引に振り回されるまま、グレン達はフェジテを出発し、こうしてこんな場所まで連れてこられてしまったのであった。

「しかし、すまないな、お前達。巻き込んでしまって。俺も男として、今回ばかりはセリカにガツンと強く言ってやりはしたんだが……」

「まぁ、先生がそう思うなら、それでいいんじゃないですか？」

実は、先日のグレンとセリカのやり取りの一部始終を傍《はた》で見ていたシスティーナは呆《あき》れたように言うしかない。

「でも……私達これから、ベーリン海域に向かうんですよね？　船とか、どうするんですか？」

「そうだよね。あんな危険な場所に向かうなら相当の規模の船が必要だよね。それを動かす乗組員だって……」

システィーナの疑問に、ルミアが少し不安げに応じる。

「ん、大丈夫。わたしにはよくわからないけど、わたしがみんなを危険から守る……この剣で」

リィエルがいつも通り無表情ながら、どこか気合い充分に頷《うなず》く。

「ありがたいが、今回の危険、剣はあんま役に立たたん」

そんなリィエルに、グレンはため息を吐《つ》きながら言った。

「まぁ……船とかは、セリカが手配してくれるらしいが……」

「まぁ、教授のことですから、その辺りは上手《うま》くやってくれるんじゃないですか？」

そんな風に、グレン達が話し合っていた……その時だった。

「おーい！　お前達！」

セリカが手を振りながらやって来る。

「船の手配ができたぞ！　さっそく出航するぞ！　こっちへ来い！」

「はぁ……マジか……ついにこの時が来ちまったか……」

「この世界には抗《あらが》えない流れというものがあります……もう、腹を括《くく》りましょう、先生……」

意気消沈するグレンに、システィーナも肩を落として同意して。

グレン達は、セリカの案内で船着き場へと向かうのであった。

「……って、マジかよ⁉」

セリカに案内されたグレン達の前には、とてつもなく立派な帆船が停泊していた。

辺りには大勢の乗組員達が集まり、タラップを行き来しては、出航に向けて忙しく働いている。

「せ、先生、アレ『ヴィットリア・クイーン号』ですよ⁉」

システィーナが目を丸くして言った。

「数年前に竣工《しゅんこう》して以来、数々の海の難所を突破した、現帝国最高水準の名船！　その乗組員も当然、選《え》りすぐりの精鋭揃《ぞろ》い……ッ！」

「あいつのコネ、どうなってるの？」

驚きのあまり、あんぐりと口を開けるしかないグレンである。

「し、しかし……こんな名船に乗れるとなれば……いくらカニ狩りとはいえ、海の冒険もちょっとわくわくしてくるな……ッ！」

「ふふ、男の子ですね、先生」

俄然《がぜん》やる気を出し始めるグレンに、ルミアが微笑《ほほえ》む。

「おうよ！　なんだかんだで、海洋冒険は男の浪漫《ロマン》だからな！　冒険心の炎が燃え上がるぜ！　そーゆーわけで、行くぜ、お前達！　いざ未知なる海の冒険へ――」

そう言って、グレンが意気揚々と船に乗り込もうとタラップへ向かって、歩き始めた……その時だった。

「おーい、グレン。そっちじゃないぞー、こっちだぞー」

「ん？」

いつの間にか、セリカが離れた場所にいて、そこで手招きをしていた。

その傍《そば》には……

「え？　何、アレ……」

見るからにみすぼらしい船が、ヴィットリア・クイーン号の陰に隠れるように停泊していた。

おまけに、ヴィットリア・クイーン号よりも一回りも二回りも小さく、ヨットと呼んだ方がいいくらいだ。しかも高波の一撃でバラバラになってしまいそうなほど古くてボロい。

当然、乗組員の気配など皆無だ。

「え？　まさか、そっち？　そっちが俺達の船？」

「そうだ……名付けてこの『シンキング号』こそ、今回の航海における、私達の唯一無二の相棒だ」

「「「…………」」」

グレン達は、そんなボロ船を前に、たっぷりと沈黙して。

たちまち冒険心の炎は吹き消え、グレンは踵《きびす》を返して駆け出す。

「俺、帰る！」

「おおっと、まぁ《待て》」

「ぎゃあああ⁉　足が！　足がぁああああ——ッ⁉」

だが、そんなグレンの足は、セリカが改変一節で起動した金縛りの呪文であっさりと止められてしまう。

「まぁ、そう見た目で判断するもんじゃない。なかなか良い船だぞ？」

足が硬直したグレンを肩に担《かつ》ぎ、セリカが悠然とボロ船へ向かう。

「嫌ぁあああ——ッ！　こんなの船じゃなぁあああいッ！　これは水葬用の棺桶《かんおけ》だぁあ

ああああ――ッ！」

グレンは身をよじって暴れるが、足が動かない以上、もうどうしようもなかった。

「大体、こんな小さなボロ船でベーリン海の荒波に挑めるわきゃねーだろぉ!?」

「大丈夫、大丈夫。その辺りは色々と考えてあるさ。だからこそ、あの三人娘達に来てもらったんだからな」

「もう嫌な予感しかしねえ！　誰か助けてぇえええええええ――ッ！」

そんなやり取りをしながら、グレンが船に積み込まれていく。

「正直、もの凄《すご》く逃げたいけど……」

「教授が本気みたいだから、どう頑張っても逃げられないよね……」

「ん。船と言えば、以前の学修旅行を思い出す。……楽しみ」

システィーナ、ルミア、リィエルが三者三様の反応を示しつつ、セリカ達の後に続いて。

こうして、後悔しかない航海の幕が上がるのであった。

――――。

降り注ぐ陽光。爽やかな波音。

四方見渡す限りの水平線が広がる大海原を、ゆっくりと行く一艘《そう》の船。

その周囲に、楽しげな少女達の声が響き渡る。

「やっぱり海は広いな～っ！」

「うん、そうだね、システィ！」

システィーナとルミアだ。

二人は水着の上に上着を羽織り、船縁《ふなべり》の手すりから、潮風を感じながら海を眺めている。

「ん。楽しい」

眼下の海面上では、同じく水着姿のリィエルが、ばしゃばしゃと犬かきで泳いでいる。

一方、甲板の上に据えられたビーチベッドの上では、セリカが寝そべっていた。

「どうだお前達。来てよかったろ？」

セリカも当然、水着姿だ。

その抜群のプロポーションを申し訳程度にビキニで覆い、惜しげもなく太陽の下に晒《さら》している。

そして、サングラスをかけ、ジュースを片手にノンビリと日光浴などして、くつろいでいた。

「って、ちょっと待てぇえええええええええええええ――ッ!?」

　そんな一同を前に、グレンが叫ぶ。

「お前ら、何、そのパリピのクルージング遊びみたいなノリ⁉　うっ……オエエエーッ！」

「せ、先生、大丈夫ですか⁉」

　突然、えずくグレンを、ルミアが心配そうに介抱する。

「く、くそぉ……俺が酷《ひで》ぇ船酔い持ちってこと忘れてた……ってことは、さておき！　おいコラ、セリカ、こりゃどういうことだ⁉　白猫《しろねこ》達を強制的に水着に着替えさせて、こうして遊ばせて！」

　ふらふらになったグレンが、セリカへよろよろと詰め寄っていく。

「お前、俺達がどこに向かってるのかわかってんの⁉　ベーリン海だぞ⁉　魔の海域だぞ⁉　そりゃ今はまだ穏やかな海が続くが、こんなノンビリしてていいのかよ⁉　このまじゃ、難破・遭難は確実だぞ⁉」

「まったく、お前は心配性だなぁ」

　セリカがサングラスを押し上げ、グレンを見上げる。

「言ったろ？　色々と考えてあるって。もちろん必要だから、こうして私達は水着姿で楽しく遊んでいるんだ」

「へーっ⁉　ほーっ⁉　ふーんっ⁉　女の子達が水着になってキャッキャウフフ遊ぶだけで、海の難所を越えられるなら、航海士なんていらんわなぁ⁉」

「まったく。せっかく、こう年頃の男子なら垂涎《すいぜん》もののシチュなんだから、もっとお前も素直に楽しめよ。ほら、眼福だろ？　私の水着姿。ほれほれ」

「誰がババァの水着姿で喜ぶか！　つーか、船酔いやら先行きの不安やらでそれどころじゃねえ！」

そんな風にギャンギャン叫《わめ》くグレンへ、セリカが肩を竦《すく》める。

「やれやれ、仕方ない。なぜ、私達がこんな水着姿で遊んでいるか、そろそろ説明してやるか」

セリカが、ジュースをストローで、ずずーっと吸う。

「お前、今回の船旅で、何が問題かわかるか？」

「全部だよ！　全部！」

「そうだ。一番の問題は船だな。確かにお前の言う通り、この船じゃベーリン海の荒波には耐えられん……つまり、だ……もうわかったな？」

「何一つわからん！」

ニヤリと笑いかけてくるセリカに、グレンが食ってかかる。

「鈍いやつだなー。……まぁ、そろそろかな……？」

その日。

《海の悪魔》と呼ばれ、その海域一帯を支配する海賊船シーデビル号に激震が走っていた。

「お、お頭ぁああああ――ッ！　前方二時の方角に船がッ！」

「見せろッ！」

いかにも海賊な強面《こわもて》の船長ブラックが、手下の手から望遠鏡を奪い、船首から二時の方角を見る。

すると、みすぼらしい船と、総勢四人もの絶世の美女・美少女達がその船で遊んでいる光景が見えた。

ついでにげっそりとした男の姿も一人見えるが、そいつはどうでも良い。

「へへへ……見たところ積荷《つみに》には期待できそうにねえから、いつもならスルーするところだが、代わりに極上のお宝が四つも積まれているじゃねえか……こりゃ捕まえて売り捌《さば》けば、一財産になるぜ……ッ！」

「げへへ……お頭ぁ、ひょっとしてこいつぁ、オイラ達の次の獲物は決まりですかぁ!?」

「ああ、当然だッ！　野郎共！　帆を張れ！　錨《いかり》を上げろッ！　仕事の時間だぁあああ

──ッ！」

「「「オオオオオオオ──ッ！」」」

海の荒くれ達が歓声を上げる。

「ぐへへ、ところでお頭……アイツらを売り飛ばす前に、俺達も……？」

「ああ、もちろんだッ！　お前らもご無沙汰で溜《た》まってるだろう⁉　今夜は俺達シーデビル総員で、四つのお宝とっかえひっかえの酒池肉林大宴会といこうじゃねえかッッッ！」

「さっすが！　お頭は話がわかるッ！」

「「「オオオオオオオオオオオオオオオオオ──ッ！」」」

こうして。

海賊船シーデビル号は、獲物と定めた哀れな小船へ、全速前進を始めるのであった──

「……とまぁ。この船がダメなら、奪えばいいじゃん？　船」

「外道か、お前はッッッ⁉」

この船に迫り来る巨大な海賊船の姿に、グレンは頭を抱えるしかない。

「何⁉　まさか、そのために白猫達を連れてきて、わざわざ水着姿で遊ばせてたの⁉　なんて性質《たち》の悪いハニートラップ！」

「うわぁ……」

グレンは当然、システィーナやルミアもドン引きである。

「いやぁ、本当はさっきの港で、適当な船を強奪しようかと思ったけどさぁ、さすがに犯罪行為は、後々面倒だからさぁ」

「そこで理由が〝いけないことだから〟じゃなくて、〝後々面倒だから〟な辺り、お前も大概アレだな⁉」

「その点、海賊船なんて強奪にうってつけだろ？　なぜか、あいつらわりと良い船に乗ってるし、犯罪者に人権なんてないし」

「ジャガ芋がカレーの具にうってつけ～みたいなノリで語るな！　ええい、俺は別に犯罪者を擁護する気なんかさらさらねーが、それでもあえてこう言いたい！　海賊さん達、逃げてぇえええええええええ――ッ⁉」

「おっと、船長、向こうもようやくオイラ達に気付いたようですぜ？」

「ククク、遅い遅い。もう逃げられん……今頃、恐怖で震え上がっているのだろうなぁ……ッ！」

「恐怖のあまり〝逃げろぉ！〟じゃなくて〝逃げてぇ！〟になっているが、まぁ、些細《ささい》なことでさぁな！」

「そうだな！　ククク……フハハハハハハハハハハ──ッ！」

海賊達に、グレンの悲痛な忠告など届くはずもなく。

どんっ！　セリカは迫り来る海賊船に立ち向かうように、船首へ立つ。

そして、その両手に凄《すさ》まじいほどの魔力を溜めまくって、叫んだ。

「さぁ、野郎共、いくぞ！　仕事の時間だぁあああああ──ッ！」

「どっちが海賊なの、コレ!?」

──────。

──後日。

帝国海軍の船が、漂流する一艘のみすぼらしい小船を見つけた。

その小船の中には、ボコボコのズタボロにされて簀《す》巻《ま》きになった、数十名近い男達がすし詰めにされていた。

なんと、その男達の正体は、海軍ですら手を焼いていた、あの一帯の有力海賊団シーデビルのメンバーだ。

海の悪魔達の唐突な壊滅・逮捕に、驚きを隠せない帝国海軍将校達。

一体、何があったのかという将校達の尋問に、海賊達は皆、口を揃《そろ》えてこう答えたという。

『本物の〝海の悪魔〟に出会った』……と。

――――。

「船、ゲットだぜ！」

「ねぇ、いいの？　本当にそれでいいの？　俺達」

したり顔のセリカに、グレンが最早《もはや》、義務のようにツッコむ。

「うわぁ、凄《すご》い船……」

「うん……ヴィットリア・クイーン号に負けずとも劣ってないね」

さきほどのセリカの海賊行為は最早、なかったことにしているシスティーナとルミアが、感嘆したように船を見渡していた。

三本のマストと十数もの帆で、あらゆる方向の風を捉えて素早く小回りの利《き》く航行を可能とする、高速フリゲートだ。

「リィエルもお仕事、よく頑張ったな？」

「ん。グレンは嘘《うそ》つきだった。剣もちゃんと役に立った」

「こんなお役立ちの仕方なぞ、誰が予想できるか」

セリカに頭を撫《な》でられて、どこか嬉《うれ》しそうに目を細めるリィエルへ、グレンが投げやりにぼやく。

「とりあえず、この船の入手に関する経緯は、全力で記憶から削除することにして！　ここで大きな問題が出てきたぞ、セリカ」

「なんだ？」

「決まってるだろ？　どうやって動かすんだよ、こんなデケー船」

グレンがびっと、船を指差した。

「この船はフリゲートだ。数人かそこらで動かせるような代物じゃねーぞ？　さっきみたいな小船なら、魔術で風吹かせれば、瞬間的にそこそこ動かせるが、こんな大船でそれなりの距離を航行するとくりゃ、いくら魔力があっても足りやしねえぞ？」

帆船は、航海士の指示の下、大勢で帆を操作して動かすものだ。

つまり、せっかく船を奪っても、それを動かす乗組員がいないと、海流に流されるだけのイカダと変わらないのである。

「つーか、現在進行形でヤベえ。このままじゃ俺達も漂流ルートだ」

一難去って、また一難。

そんなグレン達のやり取りを、システィーナ達が不安げに見ていると。

「大丈夫、大丈夫。ちゃんとそのことも考えてあるって」

セリカはいつものように、嫌な予感しかしない笑顔を浮かべて、胸を張るのであった
────。


異国の海洋冒険船レディーラック号が、ベーリン海域に向かって、悠然と航行していた。

船長《キャプテン》カックス率いる、レディーラックの乗組員達──カックス探検隊の面々は、これまで数々の海域、数々の冒険とドラマを乗り越えて、ついにここまでやって来たのだ。

「いよいよ……だな」

船首に立つ船長《キャプテン》カックスが、潮風に髪と裾を靡《なび》かせながら、遥《はる》か彼方《かなた》の水平線を見据えて呟《つぶや》いた。

「そうですね、船長。ここまで来れば、あの魔の海域――ベーリン海までもう目と鼻の先ですね」

航海士にてこの船の紅一点、リーシャが感慨深げに言う。

「ああ、伝説に名高き魔性のダイヤモンド『落陽のブラッディハート』……それが眠るとされるベーリン海に、我々はついに到達するのだ」

感慨深げに呟きながら、カックスはこれまでの航海を振り返る。

「色々、あったな……」

「ええ、色々ありました」

リーシャがカックスに寄り添いながら頷《うなず》く。

「時に大嵐と戦い、時に海賊達と戦い……生と死の狭間《はざま》を彷徨《さまよ》ったことは、何度もあった」

「でも、船長はそれらを全て乗り越えられました。船長の勇気と決断力が、それらに打ち克《か》ったんです」

「私一人の力じゃないさ」

カックスが穏やかに微笑《ほほえ》みながら、リーシャを見つめる。

「頼もしいレディーラックの仲間達が私を支えてくれたから。何より、君がいてくれたから、私は……」

「せ、船長……」

リーシャが頬を赤らめながらカックスを見つめ返す。

そう。数々の冒険と困難を乗り越えるうちに……二人は愛し合う仲になったのだ。

「なぁ、リーシャ」

カックスは、そんなリーシャを真っ直《ま》ぐ《す》見つめ、とある一つの決意と共に告げる。

「もし、私がベーリン海に辿《たど》り着き、伝説の『落陽のブラッディハート』を手に入れることができたら。この冒険が終わる時が来たら、その時は……」

「せ、船長……？」

「その時は……この私と結婚……」

と。

若者達が甘酸《あまず》っぱい青春活劇をやっていた、その時だ。

「せ、船長、大変ですぅうう！」

見張り台の甲板員が、息せききって駆け寄ってくる。

「どうした⁉」

「ゆ、幽霊船ですッ！　幽霊船が出ましたッ！　今、我々の船を追ってきていますぅうう

「ううう――ッ⁉」

「な、何ぃ⁉　幽霊船だとぉ⁉　そんなものがあるわけないだろ！　ええい、望遠鏡、貸せッ！」

カックスやリーシャが甲板員から望遠鏡を受け取り、指差された方向へ向かって覗《のぞ》き込むと、そこには――


一隻の大型フリゲート。

そして、その甲板上には、骸骨の乗組員達が無数にウジャウジャと蠢《うごめ》いて帆を操作しているという、世にも悍《おぞ》ましい光景があった――


「ほ、本当に幽霊船だぁあああああああああああ――ッ⁉」

「きゃあああああああ――ッ！」

大パニックに陥る船長カックス以下、レディーラック号の面々。

「ど、どどど、どうします船長⁉　あの船の異様な航行速度……このままじゃ追い付かれますよ⁉」

「ええい、落ち着け！　七つの海と数多《あまた》の冒険を乗り越えた、レディーラックは狼狽《うろた》えないッ！　砲撃準備《スタンバイ》ッ！」

「了解ッ！　砲撃準備《スタンバイ》開始ッ！」

だが、そこは歴戦の船乗り達、戦々恐々としながらも、すぐに海戦の準備を整えていく。

「面舵《おもかじ》一杯ッ！　右舷砲列用意《スターボードバッテリー・レディ》ッ！　発射《ファイア》ッ！」

「「「発射《ファイア》ッ！」」」

どん！　どん！　どんっ！

船長の号令の下に、右舷の砲門から無数の砲弾が迫り来る幽霊船へ向かって放たれる。

それらは見事に幽霊船へ命中し、大爆発を起こすのだが――

「撃ち方やめ《シース・ファイア》！　やったか⁉」

「船長、信じられませんッ！　む、無傷ですッ！　無傷ッ！」

「ば、バカな⁉　頑健な城すら吹き飛ばす魔導カロネード砲だぞ⁉　あれが幽霊船の呪いの力……ッ⁉」

幽霊船の信じられないほどの頑健さに一同、唖然《あぜん》としていると。

どん……どん……

その幽霊船から、いくつかの信号砲弾が上空に上がった。

「信号だと……ッ⁉　や、やつらは何て言っている⁉」

「あ、あれは⁉　KILL THEM ALL《皆殺し》……徹底交戦の宣戦布告です！　降伏なぞ絶対受け付けず、こちらを完全殲滅《せんめつ》するまで戦う気ですッ！」

「何ぃ⁉　わ、我々を殺して、やつらの仲間に加える気か⁉」

いよいよもって、船内が大混乱に陥っていると。

件《くだん》の幽霊船に動きがあった。

その船体が、水面《みなも》からふわりと浮いて――ビュンッ！

なんかもの凄い速度で、レディーラック号に飛んで迫ってきたのだ。

その船にあるまじき機動に、レディーラック号の大恐慌《だいきょうこう》は極限に達した。

「ぎゃあああああ――ッ⁉　俺達はもうダメだぁあああ――ッ！　あの骸骨達の仲間入りをするんだぁ！」

「諦めるなッ！　全速前進ッ！　操帆長、急いで帆を張れッ！　そして、魔操士達は全力で風を吹かせろッ！　この海域から最高速力で離脱するのだッ！　我々の冒険はここまでだぁああああああああああ――ッ！」

こうして。

レディーラック号は命からがら、幽霊船から逃げ出すのであった。

──────。

「あら、逃げちゃった。まぁ、本気出せば余裕で追いつけるが、さすがにこれだけ距離があると面倒だなぁ」

元・シーデビル号の船首で、セリカは水平線の彼方に消えていく一隻の船を見送りながら、残念そうに言う。

諦めて、念動魔術を解くと。

ばっしゃあああん！　空を飛んでいた船が派手に着水した。

「しかし……航海には何かと物入りだから、物資を少し売ってもらおうと思ってただけなんだが……なんで、あの船、いきなり砲撃してきたんだ？　対抗呪文《カウンター・スペル》で防いだけど」

「…………」

そんなセリカの言葉に、グレンが周囲の甲板を見回す。

そこには、セリカが持参した竜の牙から生み出した、骸骨兵士型の魔導ゴーレム『竜《りゅう》牙《が》兵《へい》』が、大量にたむろしていて、甲板を掃除したり、帆を張り替えたりと、忙しく働いている。

「どう見ても幽霊船だからです。本当にありがとうございました」

グレンががっくりと肩を落として呻《うめ》くのであった。

「っていうか、リィエル！　お前、なぁんで徹底交戦の信号撃ってんだ、コラァ⁉」

そして、リィエルのこめかみを両拳で挟み、グリグリする。

「ページ、間違えた」

無表情で、信号帳を見せつけるリィエル。

「バカ野郎か、お前はッ⁉　いや、バカ野郎だったわ！　リィエルに任せた俺がバカ野郎だわッ！」

グレンは自分の頭をポカポカ殴るしかない。

そんなグレンの肩を、セリカが優しげに叩《たた》いて言った。

「まぁ、そう悲観するな。物資は海賊から略奪した分でなんとかなるさ」

「そこじゃない！　俺が言いたいのはそこじゃない！」

「さぁ、魔の海域まで、最早目と鼻の先だ！　張り切っていくぞぉ！」

「嫌だぁあああああ――ッ！　もうお家《うち》、帰りたぁあああいッ！」

海原に響き渡るグレンの悲鳴。

「今回ばっかりは先生に同意……」

「あ、あはは……」

システィーナとルミアも、ため息を吐《つ》くのであった。

――


そんなこんなで、グレン達の海洋冒険は続く。

大時化《おおしけ》に遭ったり（セリカが【イクスティンクション・レイ】で嵐を吹き飛ばした）足を滑らせて海に落ちてしまったグレンが巨大鮫《さめ》に襲われたり（セリカが【イクスティンクション・レイ】で鮫を吹き飛ばした）――船が暗礁群に囲まれて身動きが取れなくなってしまったり（セリカが【イクスティンクション・レイ】で暗礁群を吹き飛ばした）――

航海の最中、様々な困難がグレン達を襲った。

だが、グレン達は力を合わせて、それを一つ一つ乗り越えていく――

「いやいや、待て待て。力なんて合わせてねーから。むしろ、セリカ一人でいいだろって感じだから」

「おいおい、グレン。いきなり何独り言、言ってんだ？」

セリカが呆《あき》れたように、ツッコミを入れる。

ここは、元シーデビル号の船長室。

今、ここではグレン達が集まり、海図を広げてこれからの航海について会議中である。

「それよりも、今日の夜、いよいよベーリン海、件のカニが発見された海域に着くぞ？

ふふ、楽しみだな」

「こんなクソったれな状況を楽しんでいるのはお前だけだ」

最早《もはや》、投げやりなグレンである。

と、そんな時、システィーナがふと思い出したように言った。

「そういえば……これまで色々あり過ぎて忘れてましたけど、ベーリン海といえば、『落陽のブラッディハート』伝説も有名ですよね？」

「あったな、そんな話」

グレンが頭をかいた。

「人に不幸をもたらすという伝説のダイヤモンド『落陽のブラッディハート』……それを入手した伝説の海賊王シルバー＝ロジャーが最後、ベーリン海に消えたって話は世界的に有名で、小説や歌劇にもなるほどだな」

「はい。それで、今もまだそのダイヤは、この海域のどこかに眠っているって話で……今まで、何人もの冒険家や海賊がそのダイヤ探しに挑み、海の藻屑《もくず》になったとか……」

するとと、ルミアも冗談めかして口を挟む。

「じゃあ、もし、今回の航海で、私達がダイヤを見つけちゃったら、歴史に残る大発見ですね」

「そうだな！　そっちの方がカニよりロマンがあるよな⁉」

だが、そんなグレンの反応に、セリカが机を叩いて叫んだ。

「うるさい！　ダイヤなんか食えるか！　カニに集中しろ！」

「どうなってるの？　お前の価値観」

いつにないセリカのカニに対する本気度に、グレンはジト目でため息を吐くのであった

――――。


その夜。

真っ暗なベーリン海の海底にて。

とある呪いにより、その海域に縛り付けられている、とある怨霊《おんりょう》の長《おさ》が今宵《こよい》も動き始めた。

『ふん、愚かにも我らが至宝を狙う不届きな奴《やつ》らが、また現れたか――』

その怨霊の長の言葉に応じるように、更なる怨霊達がどこからともなく現れ、周囲に集っていく。

『いいだろう……貴様らも、この深海に引き摺《ず》り込み、我らの仲間入りをさせてくれよう……ッ！』

長の合図に、無数の骸骨姿の怨霊達が、海面を目指して浮上していく。不届きにもこの海域を侵犯する船の船底へ、次々と取り憑《つ》いていく。

そして、怨霊達は、その船を深海の底へ引き込もうと引っ張っていく。

ゆっくりと沈んでいく船。

そんな様子を見て、その怨霊の長が高らかに言った。

『我が名は、海賊王シルバー＝ロジャーーッ！　愚かな生者よ、我らが怨念の重さを思い知るがいいッ！』

「せ、先生、大変です！　船が少しずつ沈んでいきます！」

「な、なんだって⁉」

ルミアの警告に、グレンが甲板上へ出て、手すりから身を乗り出す。

確かに、船が少しずつ沈んでいっている。まるで海中にいる何者かに引き摺り込まれているようだ。

「船底に穴も開いてないのに、どうなってるんだ!? こりゃ拙《まず》いぞ！」

「あちゃー、やっぱ出たかぁー」

するとセリカが欠伸《あくび》をしながら、甲板に出てきて、指を鳴らした。

ぱちんっ！

『セ、船長、大変デスッ！ 船ガマッタク動キマセンッ！ 人知ヲ超エタ物凄イ力で、海上ニ固定サレテマス！』

『な、何ぃ!? 馬鹿な!? 我々の百年に亘《わた》る怨念の重さが通用しないだとぉ!?』

『ド、ドウシマスカ、船長!? ナンカ我々、コノママジャ、馬鹿ミタイナンデスケド!?』

『ぐぬぬぬ……』

「と、止まった……？」

「まったく面倒臭いなぁ、もう」

今度は、セリカは大樽《おおだる》をゴンゴン蹴り転がしてくる。

ぼそぼそと呪文を唱えて、大樽に触れると、それを肩に担《かつ》ぐ。

そして、その中身をばっしゃばっしゃと海中に注ぎ始めた。

「おい、セリカ。何だそれ？」

「酒だ」

「？」


『『『ギャアアアアアアアアアアアアアアアアア――ッ!?』』』

海中内の怨霊達は阿鼻叫喚《あびきょうかん》だった。

船底で群れる怨霊達が、もだえ苦しみ、次々と消滅していく。

『セ、船長!?　サ、酒デスッ！　清《きよ》メノ酒ガッ!?』

『シカモコレハ、我々ヲ浄化サセルタメノ聖別サレタ酒デハアリマセン！　我々ノ存在ソノモノヲ消滅サセル、滅殺ノ呪イヲカケタ酒デスッ!?』

『コンナ強イ呪イハ、見タコトアリマセンッ！　我々ノ、百年ニ及ブ執着ヤ怨念ヲ、遥《はる》カニ超エテイマスッ！』

『怨霊相手とはいえ、普通、ノータイムでそんな強い呪いの酒かける!?　それが人間のやることかよぉ!?』

しばらくの間、セリカが海中へ酒をどっぽどっぽやっていると。

ごごごご……

やがて海が震え、空が雲で覆われ、急速に海が時化てくる。

「な、なんだ……？　何が起こってる……ッ!?」

「せ、先生ッ！　大変です！　水面下から、何かが浮上してきます！」

システィーナが声を張り上げると。

ばっしゃあああんっ！

指摘通り巨大な何かが海を割って、グレン達のすぐ傍《そば》に現れた。

それは——船だ。

見るからにボロボロで朽ち果てた船。通常なら航海不能なその船が、完全に海上に浮かび上がり……

そして、その甲板上には、骸骨の姿をした、無数の怨霊達がたむろしていて――

「ゆ、幽霊船だぁあああああ⁉」

『ゆ、幽霊船だぁあああああ⁉』

グレンの悲鳴と怨霊の長の悲鳴は、まったくの同時だった。

『え⁉　何なのお前ら⁉　まさかの同業者⁉』

グレン達の船に、幽霊船を接舷させた怨霊の長が叫ぶ。

「失礼な！　と言いたいが、確かにそうも見えるな⁉」

グレンが自分達の船の有様《ありさま》を見ながら、叫び返す。

『ええい、それはさておき！　お前らさぁ⁉　ちょっとデリカシーなさすぎじゃねえか⁉』

怨霊の長が憤《いきどお》り叫ぶ。

『折角、伝説のダイヤを巡る、海の勇者達と、古き海賊の怨霊の戦い……一番、盛り上がる所なんだよ⁉　もっとこう色々あるだろ⁉　ダイヤを求める譲れない想《おも》いを問答するとか、船上白兵戦で格好良く白黒つけるとか！　なのに、いきなり卑怯《ひきょう》な手を使いやがってからに！』

「ねぇ、なんで俺、怨霊に海洋冒険ものの王道について説教されてんの？　前世で一体、何やらかした？」

虚無の表情のグレンである。

『海洋冒険ものはなぁ！　男の浪漫《ロマン》なんだよ！　だから、一見非効率に見えても、お約束が大事なわけで——』

「うるさいな、早く消えろ」

ばしゃあ！

滔々《とうとう》と語る怨霊の長の顔へ、セリカがジト目で盛大に酒をぶっかけた。

『ギャアアア!?　熱ッ!?　その酒だけはマジでヤメテ!?』

「はははははッ！　私のカニ狩りを邪魔するやつは皆殺しだ！　苦しいか!?　きひひ、苦しめ、もっと苦しめ！　あーっはははは——ッ！」

セリカがもの凄《すご》く悪い顔で、ぱちんと指を鳴らすと。

その背後で、大量の酒樽《さかだる》が、ふわりと空中に浮かび上がって……幽霊船の上に飛んでいく。

そして、その樽は一斉に、くるっと逆さまになって……その中身が、ばっしゃ、ばっしや、ばっしゃ……


『ギャアアア⁉　人殺し⁉』

『ヒィイイイイイ⁉』

『タ、助ケテクレェエエ⁉』

阿鼻叫喚の地獄絵図であった。

「もうね。……もうね」

グレン達が半眼で、そんな光景を眺めていると。


ごごごごごごご……


再び海が震え始める。

「こ、今度はなんだ⁉」

「せ、先生ッ！　大変です！　水面下から、何かが浮上してきます！」

「まーたこのパターン⁉　天丼ネタはもういいから⁉」

頭を抱えるグレンの前で、再び海が真っ二つに割れる。

水柱と共に海底から現れたのは——

まるで、天を衝《つ》くほどに巨大なカニであった。


「で、デッけぇえええええええええええ——ッ⁉　なんだありゃ⁉」

「ま、まさか、アレが報告に上がっていた、巨大カニ⁉」

「でも、体長二十メトラどころか、二百メトラはありますよ⁉」

「測定誤差十倍はよくあるが、まさかマイナス方向じゃなくて、プラス方向に上振れてるなんて、誰が予想できるか馬鹿野郎ッ！　どんだけポンコツなんだ、帝国海洋調査団ッ⁉」

グレンが祖国の未来を心底心配していると。

『来たか……我が宿敵……ッ！』

怨霊《おんりょう》の長《おさ》が、巨大カニを見上げながら言った。

『そう……冒険の末、伝説のダイヤを手にした我々の前に立ちはだかった最後の敵……我々の海賊人生はやつの手によって幕を下ろされたのだ……ッ！』

「うわー、聞いてもないのに、何か語り始めちゃったよ、この亡霊」

『教えてやろう、ここまで辿《たど》り着いた勇敢なる海の勇者達よ……百年前、この海域で何があったのか――そう、全ての悲劇は、我らがあの呪われしダイヤを手にしたところから始まったのだ――』

「あ、これ長くなるやつだ」

怨霊の長は、ダイヤを手にしたせいで、自分達が呪われて昇天できなくなったとか、ダイヤの呪いの影響で、カニがさらに超巨大化したとか、色々語り始めたが、グレンはスルーした。

正直、クソどうでもいいし、実際、それどころではない。

眼前の船を餌と定めたのか、超巨大なカニが、これまた超巨大なハサミを振り回して暴れ始める。

その都度津波のような高波が巻き起こり、グレン達の船は木の葉のように翻弄される。

船を叩《たた》き壊されるか、ひっくり返されるか、いずれにせよ時間の問題だ。

「きゃあああ⁉　リィエルが波に攫《さら》われたわ⁉」

「システィ、しっかり摑《つか》まって⁉」

「セリカ！　セリカぁあああああああああああ――ッ！」

グレンはマストに摑まり、波に盛大に洗われながら叫んだ。

「ヤバいぞ⁉　早くお前の魔術で始末してくれ！　頼むッ！　セリカぁあああああ――

「ッ⁉」

しかし——

高波に揺れる船首に威風堂々と立つセリカは、巨大カニを見上げながらも、苦悩に満ちた声で言った。

「すまない、グレン……私には……何もできない……ッ！」

「何ィ⁉」

グレンが慌てて、セリカへと駆け寄る。

「なんでだ⁉　何かあったのか⁉　ハッ⁉　まさか、お前——」

その可能性に思い至り、グレンは背筋が寒くなる感覚を覚えた。

そう、今のセリカは長時間の魔術行使で命に関わる状態だ。今まで馬鹿なことばかりやっていたから、すっかりその可能性を失念していたのだ。

だが——

「ああ、そうだ。私の魔術じゃ威力が強すぎて、どうやってもカニの味が落ちるから……私には何もできない！」

「それ、今、気にするとこ⁉」

こんなにもセリカを海に投げ捨てたいと思ったことはなかった。

「馬鹿野郎、グレン、お前！　カニは鮮度と調理法が何よりも大事なんだぞ⁉」

挙げ句、逆ギレしてくるセリカである。

「私の炎の魔術じゃ火力が強すぎて、身が硬くなるし、凍気の魔術じゃ細胞が破壊され、味が変わる！　分解消滅の術じゃ、せっかくのカニ肉がごっそり減っちゃう！　一体、私にどうしろっていうんだ⁉」

「そうしろ！　四の五の言わずに、そうしろ！」

だが、当然、グレンの言うことを素直に聞くセリカではない。

「ちょっと待ってろ。カニの味と鮮度を落とすことなく、上手にシメる魔術を今、ゆっくり考えるから」

「ふ、ざ、け、る、なぁあああ⁉」

「案ずるな。必ずお前に、美味《おい》しいカニを食べさせてやるからな！」

「その前に、俺達がカニに美味しく食べられるわ！」

もうセリカはアテにならない。

「ああああ、もう！　どうしたらいいんだぁあああああああ――ッ！」

グレンが頭を抱えていた、その時だった。

「先生ッ！　あのカニの弱点がわかりました！」

頼れる愛弟子《まなでし》、システィーナがグレンの元へと駆け寄ってくる。

「今、ルミアの《王者の法《アルス・マグナ》》のアシストで、あのカニを魔術分析しました！　あのカニの額を見てください！」

「額だと⁉」

見れば、暴れるカニの額部分に、なぜか、随分と巨大な赤いダイヤモンドが埋まっているのが見えた。

「どういうわけか、あのカニの魂や存在本質は、ほぼあの巨大ダイヤモンドに集約されています！」

「つまり、アレを破壊すれば、カニをぶっ倒せるってことか⁉　そういうことなら、話は早《はえ》え！」

グレンは腰のベルトから、魔銃ペネトレイターを引き抜き、暴れるカニを見上げる。

「先生、援護は私達がします！」

「お願いします、先生！」

システィーナとルミアが、グレンの背後に立つ。

「グレン。私も手伝う」

案の定無事で、まったく心配してなかったリィエルも、大剣を担《かつ》いでグレンの隣に並ぶ。

「ああ、行くぜ、お前ら！　──《0の専心《セット》》ッ！」

グレンは魔銃に、とある必滅の術式を起動させて。

「うぉおおおおおおおお──ッ！」

頼もしい生徒達と共に、巨大カニに戦いを挑むのであった──


激しい戦いは夜通し続いて。

そして──


──。


「やっと……終わった……もう海洋冒険はこりごりだ……」

「そ、そうですね……」

目に眩《まぶ》しい夜明けの朝日の中。

すっかり静まった波の上に、見るからにボロボロになった元シーデビル号の甲板上で、
グレン達がぐったりとしながら、へたり込んでいた。

その傍《そば》には、力尽きた巨大カニが、ぷか～っと浮いている。

「うへへ、大漁、大漁♪」

そして、そのカニの上ではセリカが嬉々《きき》として殻を剝がし、思う存分カニ肉を採取していた。

ちなみに、件《くだん》の海の怨霊達は……

『良き海の戦いを見せてもらった……これで我々も、ようやくあのダイヤから解放され、あの世へ旅立てる……さらばだ、真なる海の勇者達……』

と、カニを撃破するや否《いな》や、何を満足したのか、一方的にそう言い残して勝手に昇天してしまっていた。

「結局、なんだったんですかね？　あの怨霊達」

「さぁ……？」

残された謎に、グレンは首を傾《かし》げるばかりであった。

「あ、でも、ひょっとしたら」

するとルミアがくすりと笑って、こんなことを言った。

「あの怨霊さん達……実は、ベーリン海に消えたという、あの伝説のキャプテン・シルバー＝ロジャーとその一味だったりして？」

「ねーよ！　あの音に聞く伝説の海賊達が、あんな面白ポンコツ軍団なわけねーだろ？」

「ですよねー」

グレンの否定に、システィーナも笑う。

「もし、あの怨霊がシルバーだったとしたら、先生が破壊したあの赤いダイヤは、状況的に伝説の『落陽のブラッディハート』になるわけですが……まさかまさかですよねー」

「………………」

すると、グレンは、ぴくっ！　と震えて、しばらく押し黙り――

「ん、んなわけねぇだろ⁉　俺が壊したあのダイヤが、あの伝説の『落陽のブラッディハート』だったなんて、そんなわけねーだろ⁉　時価数十億リルは下らないとされ、いくつもの大国がそのダイヤを巡って争ったっていうあの『落陽のブラッディハート』だったなんて……そんな……そんなこと……あるわけ……ぐすっ……ッ！」

やたらムキになって、泣きながら否定するのであった。

「ん？　グレン、泣いてる？　なんで？」

「あー、逃した魚は大きいからね……まぁ、真相は闇の中だけど」

不思議そうに小首を傾げるリィエルに、システィーナがなんとも言えない表情で補足するのであった。

そして。

今回の海洋冒険の帰り道にて。

――――。

「グレン、誕生日、おめでとうだ」

船の食堂に呼び出されたグレン達が、渋々と足を運ぶと。

そこには、滅多に見られない大ご馳走《ちそう》が並んでいた。

焼きガニ、カニ鍋、カニの塩茹《しおゆ》で、カニスープ、カニのクリームコロッケ、カニグラタン……なんとも豪勢なカニ尽くしである。

「……え？　何コレ」

「だから、もう言っただろ？　誕生日おめでとう、だ。グレン。たくさん作ってやったから、たんと食え」

テーブルにつき、ニヤニヤ笑っているセリカ。

「せ、先生の誕生日って……？」

目をぱちくりさせて、システィーナがグレンを見る。

「俺は、元孤児だからな。魔術的な身体調査で一応の肉体年齢は判明しているが、正確な誕生日まではわからなくて……だから、セリカと出会った日を誕生日だと決めていたな……最近、色々あってすっかり忘れていたが」

「なんだ？　お前、本当に今回の冒険の目的、わかんなかったんだな？」

悪戯《いたずら》っぽく笑うセリカに、ふと、グレンは思い出す。

そう言えば、最近の相変わらずのシロッテ生活が続く中、何かのタイミングに、たまにはカニでも食いたいなぁ……と、自分がセリカに何気なく零《こぼ》していたこと。

セリカの本……『絶品！　宴会用カニ料理レシピ大全』。

『今回、私がカニ狩りに向かうのは、実に重要で大切な理由があるんだよ。トラスト・ミー』……そんなセリカの言葉。

それらが意味することは、つまり。

「まさか……マジで？」

「だから、何度もそう言っているだろ？」

驚きを隠せないグレンへ、セリカが言った。

「私は、なんだかんだで、誰かの誕生日を祝えること、誰かに誕生日を祝ってもらえることは、とても幸せなことだと思っている」

「セリカ……」

「だってそれ、要するに〝生まれてきてくれてありがとう〟ってことだろ？　そりゃもう、人として最大級の親愛の証《あか》しじゃん。ま、私もお前も、本当の誕生日なんてわかんないけどさ。それでもやっぱり、大事なんじゃないかな、こういうの。身近だから、なお余計にさ。

　こう見えて、私はお前と出会えて、本当によかったと思ってるよ。だから、これからもよろしくな、グレン」

　いつになく、とてもストレートなセリカの言葉に、グレンは不意に胸が一杯になり……同時に、気恥ずかしさでセリカの顔を見ていられなくなる。

「ったく、唐突にガラでもねーこと、しやがって……」

「にひひひ」

　そんなグレンをセリカは面白そうに眺めるのであった。

「そ、それにしてもまさか、先生の誕生日が今日だったなんて……」

　システィーナが悔しげにぼやく。

「帰ったら、私達も改めて、何かしなきゃだね？」

「え⁉　い、いや、私は別に⁉」

「ん。わたし、グレンに何かプレゼントする」

そんな風に騒ぐシスティーナやルミア、リィエルも交えて。

海のド真ん中で、ささやかなカニ尽くし誕生パーティーが開かれるのであった——

（微妙ッ！　セリカの料理の腕前のお陰で食えなくはねーが、このカニ、大きく育ちすぎたせいで、大味で歯ごたえなくて、何か微妙ッッッ！）

少々、味は残念だったが。

ついでに言えば、グレンが金儲《かねもう》けのために採取した大量の殻も、巨大化したせいで魔力が薄くて、後日、もの凄《すご》く安く買い叩《たた》かれる羽目になるが。

それでも。

今年の誕生日は、色んな意味で、一生忘れられない、思い出深い誕生日になるのであった。

（ほんと、何から何まで微妙だったが……みんなで、こんなバカバカしくも楽しい時間が、

ずっと続けばいいよな)

続く日常で、三人娘やセリカ達と過ごす中、そう願わずにはいられないグレンであった

――

家なき魔術師

The Homeless Sorcerer

Memory records of bastard
magic instructor

「イヴ先生、また明日！」

「イヴ先生、さようなら！」

「ええ、気を付けて帰りなさい」


放課後のアルザーノ帝国魔術学院本館校舎内にて。

本日の授業を全て終えて帰路につく生徒達を、赤髪の美女——イヴ＝イグナイトは、穏やかに口元を微笑《ほほえ》ませながら、見送っていた。

イヴは元々、帝国軍帝国宮廷魔導士団特務分室の室長にて、執行官ナンバー1《魔術師》を冠する凄腕《すごうで》の魔導士であったが、とあることを切っ掛けにイグナイト家から勘当されると共に左遷され、現在は、軍から派遣された戦術訓練教官という形で、学院の魔術講師を務める身である。

エリート志向で貴族としてのプライドが高いイヴにとって、この勘当と左遷は堪《こた》えに堪えた。

生活レベルも上流階級レベルから庶民レベルにまで一気に下がり、この惨《みじ》めな現実を儚《はかな》んで、一時は自殺も考えたほどだ。

だが、それでもめげず、こうしてこの学院で講師としての日々を過ごし、徐々に同僚や生徒達の信頼を勝ち取りつつある。慣れない庶民生活にも慣れてきた。

そして何よりも……この学院がイヴにとってのかけがえのない居場所になりつつあったのだ。

（一体、それが誰のお陰かといえば……ふん……）

一瞬、脳裏に浮かびかかる、とあるロクでなしな男の顔。

イヴは鼻を鳴らし、そのイメージをつれなく頭から振り払う。


「イヴ先生、今日もご指導ご鞭撻《べんたつ》のほどありがとうございましたっ！」

「明日もよろしくお願いしますっ！」

「ええ、しっかり精進なさい。予習と復習を忘れないように」


すれ違う生徒達と挨拶を交わしつつ、イヴは学院を後にした。

心のどこかに満更でもない高揚感を覚えつつ、帰路につく。

（私、別にこのまま終わるつもりはまったくないけど……もし、ダメだったら……第二の人生としては、これはこれで悪くないかもしれないわね）

フェジテの街中を歩きながら、ついそんなガラでもないことを考えてしまうイヴ。そんな自分に気付き、苦笑いするしかない。

(後はまぁ……住む家さえ、私のような貴人に相応《ふさわ》しい格のものになれば、いいのだけれど……)

現状、それだけが唯一の悩み所だ。

イグナイト家から勘当されたイヴには金銭的余裕がまったくない。

ゆえに、現在イヴが住む家は、フェジテ西地区の一角、貧民街にある四階建てのおんぼろアパートの一室だ。

イヴが最初に見た時、本気で犬小屋かと思った部屋である。

(ま、贅沢《ぜいたく》は言わないわ。あの安アパートのお陰で、身の回りの品にお金を使う余裕が辛《かろ》うじてあるんだもの)

貴族としての体裁《ていさい》を保つのは、イヴにとっての最重要事項なのだ。

(それにものは考えようよ。私の人生、どうしたって、もうこれ以上、悪くなりようがないんだから……だから、悪くない……ベストじゃないけど、こんな生活も悪くない……)

そんなことを思いつつ、自分の住むアパートへ続く、最後の曲がり角を曲がると。

ごおおおおぉぉぉ――っ!

イヴの目の前に、大炎上しているぼろアパートが、どーん！　と姿を現していた。

「……えっ？」

眼前の光景に理解が追い付かず、イヴが目をぱちくりさせる。

だが、何度確認しても、燃え上がっているのは、イヴが住んでいるアパートだ。

ふと気付けば――

「か、火事だぁあああ――ッ！」

「消防隊を呼べぇええええ!?」

「早く水持って来い！　水！」

――周囲は避難したアパートの住人達や野次馬達でごった返し、大騒ぎであった。

「…………」

そんな中、イヴは呆然《ぼうぜん》とアパートを見上げている。

燃えている。

明らかに燃えている。

最早《もはや》、見まがいようがないほど、ぼーぼー燃え上がっている。

当然、イヴが借りていた部屋も燃えている。何もかも燃えていく。

「あの……私の人生……これ以上、悪くならない……はずなんだけど……」

あまりにも予想外かつ衝撃的な光景に。

イヴは自らの魔術で消火することも忘れて、全てが焼け落ちていくのを、ただ黙って見つめているしかないのであった。


フェジテ西地区の貧民街で発生した、とあるアパートの全焼事件。

幸い、住人の避難はスムーズに行われたため、死傷者は出なかった。

だが、完全鎮火時には、最早そのアパートは人が住める状態ではなかったという――


――。


今日も平和な、アルザーノ帝国魔術学院。

今は午前の授業が終わって昼休み。

昼食のため、ほとんどの学院講師達が席を立った教職員室にて。

「おい、イヴ。お前、大丈夫か？」

「ひゃあ!?」

グレンが机に突っ伏して項垂《うなだ》れるイヴの肩を叩くや否《いな》や、イヴは素っ頓狂な悲鳴を上げて、顔を上げた。

「うおっ⁉」

「グレン⁉　な、何よ、勝手に触らないで、この変態ッ！」

イヴが、いつものように他者を突き放すような冷たい目で、キッと睨《にら》んでくるが……どこか覇気がない。

「い、いや、すまん……ちょっと、気になることがあってよ……最近のお前、どっかおかしくねーか？」

「何が⁉　どこが⁉」

「何がって……最近のお前、なんか妙に元気がねえっつーか……無理してるっつーか……」

「はぁ⁉　貴方《あなた》に私の何がわかるっていうわけ⁉　わかったような口を利《き》かないで！」

何を苛立《いらだ》っているのか、いつも以上にツンケンしているイヴに顔をしかめつつも、グレンは続ける。

「それに、ほれ」

グレンがイヴの講師服の裾を指差す。

常に、ピシッ！　と完璧に身の回りを整えるイヴにしては、その箇所は珍しく、皺《しわ》になってよれている。

「身なりを完璧にするのは、貴人として当然の作法じゃなかったか？　お前らしくもない」

「～～～ッ！」

バッ！　と。

イヴが慌てて、その衣服の草臥《くたび》れた部分を手で隠す。

そして、どこか悔しげな目で、グレンを睨み付けてくる。

「だ、だったら何⁉　私の身なりが貴方に何か関係ある⁉」

「いや……ねーけど……」

と、グレンが困ったように頬をかいていた、その時だ。

キュルル……

可愛《かわい》くお腹《なか》の鳴る音がした。

明らかに、イヴの腹の音だ。

「……お前」

「～～～っ⁉」

イヴが羞恥で頬を赤く染め、涙目で勢いよく立ち上がる。

だが、立ち上がったその瞬間、くらりとイヴの身体《からだ》が傾《かし》ぎ……ガクリ、とその膝が折れた。

「おっと」

力なく倒れかかるイヴを、グレンが咄嗟《とっさ》に腕で支える。

「危ねえな。大丈夫か？」

「──はっ⁉　は、は、離しなさいよぉっ！」

グレンに抱き留められたイヴは、顔をさらに赤くして、グレンの腕を振りほどいて、飛び退《の》いた。

「……ぅ……」

だが、イヴはそのまま、ふらふらと力なくよろめいて後ずさり……後ろの壁に背を預けるように、もたれかかった。

「……マジで大丈夫か？　お前」

「う、うるさいわね……ただの立ちくらみよ！　はぁ……はぁ……」

「やっぱ、最近のお前、おかしいぜ」

すると、グレンは壁に背を預けるイヴへ詰め寄って……イヴの顔のすぐ横の壁に、どんと右手をついて、顔をイヴへ、ぐいっと近付ける。イヴの薄い顎を、クイッと持ち上げる。

「ふむ……」

「⁉　⁉　⁉」

互いの吐息すら感じられる超至近距離で、イヴの顔をまじまじと覗《のぞ》き込むグレン。

男女の体格差・身長差もあって、至近のグレンの存在感に圧倒されたイヴは、口元をわななかせながら、逃げることもできず、顔を赤らめたまま身を縮めて硬直するしかない。

「やっぱ、顔色が変だな？　お前、最近、ちゃんと食ってるのか？　ちゃんと身体を休めてるのか？」

「う、うる、うるさぁあああああああああいっ！」

イヴがグレンを突き飛ばす。

「な、なんでそんなこと、いちいち貴方に答えなきゃいけないわけ⁉　大体、貴方、私を気にかけてる余裕あるの⁉　どうせ、今日の昼食も無様なシロッテのくせに！」

「それ言われちゃ、ぐうの音も出ねえが……」

「とにかく、私はなんでもないわ！　これから私、学院の外で予約していた高級料理店でランチだから！　じゃあね、さよなら！　貧乏人！」

ますます顔を真っ赤にして。

イヴはそのまま、グレンから逃げるように教職員室を出て行くのであった……

「……うーむ」

グレンは、そんな走り去るイヴの背中を、しかめ面《つら》で見送って。

「な？　俺の言った通りだろ？」

不意に、ぼそりと呟《つぶや》く。

すると、教職員室の後方の扉が開いて、三人の少女達――システィーナ、ルミア、リィエルが姿を現していた。

「イヴのやつ、最近、様子がおかしいんだ」

「うん。今のイヴさんがおかしかったのは、主に先生のせいですけどね」

首を傾げるグレンに、システィーナがジト目でぼやく。

「顔色も何かおかしかった……妙に熱っぽいっつーか……」

「それも先生のせいですからね。ていうか何ですか？　アレ。わざとですか？　わざとやってるんですか？」

「イヴさん、いいなぁ……」

ルミアがどこか羨ましそうに苦笑いしながら呟く。

「……？　まぁ、よくわからんが、イヴの様子が、どこか変ってのはわかっただろ？」

「ま、まぁ……確かに」

コホン、と咳払《せきばら》い一つして、システィーナが続ける。

「先生の天然ジゴロっぷりに翻弄されて、つい出ちゃった、らしからぬ乙女な一面は置いておいて……確かにイヴさん、様子がおかしかったですね」

「そうだね……妙にお疲れというか……」

「ん。なんか、イヴ。元気ない」

システィーナの感想に、ルミアとリィエルが頷《うなず》く。

「でも、先生、よく気付きましたね。イヴさん、日中、私達の前では、そんな素振りまったくなかったですよ？」

「ええ、いつも通り貴人然とした完璧な立ち居振る舞いでした」

「ん。イヴはいつも格好いい」

すると、システィーナがどこか不安げに言葉を続ける。

「その……先生って、普段はイヴさんといがみ合ってるのに……思った以上にちゃんと、イヴさんのことをよく見ているんですね……？」

「ん？　そうか？　見てりゃ普通に気付くレベルだと思うんだが？」

目を瞬《しばた》かせるグレンに、ルミアも苦笑いで続ける。

「あるいは、イヴさん、先生だけに見せちゃう無意識の隙があるのかも」

「別に、んなことねーと思うが……とにかく、最近のイヴの様子のおかしさが気になってな……悪いとは思うんだが、少し探りを入れてみようと思ってんだよ……そこで──」

「「私達も是非、協力させてくださいっ！」」

グレンが言い終わる前に、システィーナとルミアがハモっていた。

「普段、お世話になってるイヴさんのためですもんね！　私達もしっかり協力しなきゃ！　あくまでイヴさんのために！」

「う、うん、そうだよねっ！　なんかこのままじゃ、先生とイヴさんがその流れで……と、とにかく、私達が傍《そば》で監視してなきゃ危ない！　なんて思ってないもんねっ！」

「お、おう……？　なんだかようわからんが凄《すご》い気迫だ。助かる」

「ん。わたしもグレンの力になる」

システィーナ達の意気込みと迫力に気圧《けお》されるグレンに、リィエルがコクコク頷いて。

こうして、グレンと三人娘達によるイヴへの探り入れが始まるのであった。


──。

——放課後。

本日の全ての授業を終え、帰路につくイヴ。

「というわけで、いくぞ、お前ら」

「は、はいっ！」

そして、そんなイヴを尾行する、グレンと三人娘達の姿があった。

そうとも知らず、イヴはフェジテの表通りを抜け、曲がり角を曲がり、やがて差し掛かった交差点を過《よ》ぎり……今日も人で賑《にぎ》わう街中を、どこかトボトボとした様子で、歩いて行く。

尾行を続けて、十分。

不意に、グレンが深刻そうにぼやいた。

「やっぱ、あいつ、おかしいわ」

「えっ⁉　どうしてですか⁉」

ぎょっとして、システィーナがグレンとイヴを見比べる。

イヴは、グレン達から、人混みを挟んで、およそ五十メトラ先を歩いている。この位置からでは、イヴの様子なんてわかるわけがないと、システィーナは思っていたのだが。

グレンは確信と共に言った。

「俺達がこんなに接近して、尾行してんのに、あのイヴがまったく気付かないなんて、どこをどう考えてもおかしいだろ？」

「あっ……」

「これで早々に気付くようだったら、心配いらなかったんだけどなぁ」

はぁ……とため息を吐《つ》きながら、グレンが頭をかく。

「いずれにせよ、イヴの調子が悪いのは間違いない。こりゃ、ますます放っておけなそうだ。お前達、協力頼むぜ？」

「は、はい……」

そんないつになく、真剣な調子のグレンに、三人娘達はどこか複雑そうに声を抑えて、ひそひそ話をする。

（先生……なんか、いつにも増して、イヴさんのために必死だよね……？）

（ん。グレン、必死）

（そ、そうね……普段はここまでイヴさんのこと、気にかけてる様子ないのに……むしろ、喧嘩《けんか》ばかりで……今回に限って、どうしてなんだろう？）

（ひょっとして……先生って、やっぱりイヴさんのことが……？）

（そっ！　そんなこと……まだ、二人の仲は、そこまでではない……はず……っ！）

普段の様子を考えれば、不自然なほどイヴを気にかけているグレンに、三人娘達は悶々《もんもん》とするしかない。

「しかし……俺達、こうしてイヴの後をつけているわけだが」

突然、グレンが言った。

「そういえば、あいつって普段、どんな家に住んでいるんだろうな？」

「言われてみれば……私達、イヴさんがフェジテのどこで、どんな家に住んでいるのか、全然、知りませんでしたね……」

初めて気付いたとばかりに、システィーナが目を瞬《しばたた》かせる。

「ま、こうして尾行していれば、その謎も解けるんだろうが……かぁ〜っ！　あいつ、良い家に住んでいるんだろうなぁ〜っ！」

「まぁ、イヴさんは、豪華なお屋敷《やしき》がイメージにピッタリですよね」

「うんうん！　なんかこう、使用人とか何人も使ってそう！　凄い高貴で優雅な生活してそう！」

「ん。毎食、苺《いちご》タルトを食べるという贅沢《ぜいたく》してそう」

ルミア、システィーナ、リィエルが好き勝手に、イヴの華麗な私生活を想像していると。

「……ん？　あれ？」

やがて、ふとグレンが訝《いぶか》しむ。

「どうかしましたか？　先生」

「いや……その、少し妙《みょう》でな……」

グレンが移動と共に移り変わる周囲の街並みを見渡しながら、不思議そうに言った。

「あいつが向かっている方角は、フェジテの貴族御用達《ごようたし》の高級住宅地とは真逆の方向だぞ……？」

「あ、そういえば……」

「むしろ、あっちは貧民街……イヴとはまったく縁遠い場所なんだが……何か用でもあるのか……？」

「そ、そうかもしれませんね……」

「あ、ひょっとしたら、それがイヴさんの元気のなさの原因かも……」

そんな風に憶測しながら、グレン達は慎重に、イヴの後をつけていって……つけていって……

そして──

「イヴ……お前、何やってるんだ？」

「あ」

貧民街の一角にある、とある寂れた公園広場の隅にて。

そこに、襤褸《ぼろ》切れで張られた小さな天幕の前で、膝を抱えて草臥《くたび》れたように蹲《うずくま》っているイヴの姿を、グレン達は発見してしまうのであった──

「ぐ、ぐぐぐ、グレン⁉ ど、どどどど、どうしてここに⁉」

あからさまに動揺して、しどろもどろになりながらイヴが叫ぶ。

「それはこっちの台詞《せりふ》だと言いたいところだが……学院でのお前の様子があまりにもおかしかったから、尾行させてもらったんだよ。だが……」

グレンはちらりと周囲の様子を窺《うかが》う。

木と木の間にはロープが張られ、衣類などの洗濯物が干されている。

そこいらの石を並べて囲んだ焚《た》き火に、まるで火事で焼き出されたようなボロい鍋が火にかけられている。

天幕、洗濯物、焚き火……総じてどこをどう見ても、拭いきれない生活臭がする。イヴがここで生活している日数は、一日二日じゃきかないだろう。

「改めて聞いてもいいか？ お前、こんな所で何やってんの？」

「ん。イヴ、生存術訓練中？」

グレンの疑問に、リィエルが無邪気に小首を傾《かし》げる。

だが、イヴが別にそんな訓練などしているわけじゃないことは、見ればわかる。

そして、当のイヴもこんな状況で、どんな言い訳をしても無駄だと悟っているのだろう。

「………………」

押し黙って、俯《うつむ》くしかないイヴ。

そんなイヴへ、グレンは聞きづらそうに問う。

「まさかとは思うんだけどさ。イヴ……今のお前って……ホームレス？」

それが──イヴの逆鱗《げきりん》に触れた。

「ぁあああああああああああああああああああああ──ッ！」

ぼんっ！　突然、イヴが吠《ほ》え、その全身が猛烈に燃え上がった。

イヴの全身から発生した猛火が、瞬《また》く間に地面を舐《な》め広がり、グレン達をぐるりと取り囲み、退路を断つ。

たちまち辺りは紅蓮《ぐれん》の炎が燃え盛る大焦熱地獄へと変貌していく──

「うおわぁあああああああ!?」

「見タワネ……ヨクモ……ヨクモォオオオオオォォ──ッ！」

完全に我を失って暴走状態と化したイヴが、さらなる炎を全身から立ち上らせながら、グレンへと一歩一歩近寄ってくる。

「殺ス……殺ス……コロスゥウウウウウウウウウウ──ッ！」

「おわぁあああ!? イヴ、やめろぉおおおおお──っ!?」

「い、イヴさん、落ち着いてぇえええええええ──ッ!?」


とある公園広場の一角で。

突如現れた炎の魔人と、グレン達の壮絶なる魔術戦が始まるのであった──


──そんなこんなで。

「いや、災難だったな……まさか、高級住宅地に構えていたお前の邸宅が、火事で燃えちまってたなんて……」

「そうよ、悪い!? 別に貴方《あなた》には関係ないでしょ!?」

灼熱《しゃくねつ》の死闘の末に、ようやくイヴを落ち着かせたグレン達は、場末のカフェで、イヴから事情を聞いているのであった。

「関係ないって……さすがにそんな冷たいことは言わねえよ。お前に大事がなくてよかったよ」

「ふ、ふんっ！　何よ……」

顔を赤らめてそっぽを向くイヴ。

そんなイヴへ、グレンがふと気付いたことを問う。

「ん？　でも、最近、高級住宅地で火事なんて起きたっけ？」

「!?　!?」

「むしろ、貧民街のとある安アパートが火事で全焼したっていう記事なら、こないだ見たような──」

どしゅ！

イヴがテーブル越しに手を伸ばしてグレンの顔面を引っ摑《つか》む。万力のような握力がギリギリとグレンのこめかみを軋《きし》ませる。

「そ　れ　は　どうでもいいのっ！」

「ふぁい……」

四の五の言わせない不思議な圧力と迫力を放つイヴに、グレンは素直に首肯するしかない。

「ああもう、本当最悪だわ……一番、見られたくないやつに、見られたくない姿を見られた……」

そんなことをブツブツ言いながら、頭を抱えて凹《へこ》んでいるイヴに、ルミアが控えめに問う。

「あの……イヴさん、これからどうするつもりなんですか？」

「どうするも何も、しばらくはこのまま野宿生活よ」

ふん、と拗《す》ねたように鼻を鳴らすイヴ。

「仕方ないじゃない、家財は一切合切燃えちゃったんだし」

「あの……火災保険とかは？　もし、入ってれば、保険金とか……」

「そんなの入ってないわよ」

「いや、待て。それはおかしいだろ」

イヴの返答に、グレンがツッコミを入れる。

「高級住宅地の邸宅なんて、普通、強制的に火災保険を契約させられるはずだろ。むしろ、それがないのは貧民街の安アパートくらいなもんで……」

どしゅ！

イヴがテーブル越しに手を伸ばしてグレンの顔面を引っ掴む。万力のような握力がギリギリとグレンのこめかみを軋ませる。

「だ　か　ら！　それはどうでもいいのっ！」

「ふぁい……」

前にも増して、四の五の言わせない不思議な圧力と迫力を放つイヴに、グレンは素直に首肯するしかない。

「とにかく！　私は何も問題ないわ」

イヴがさらりと髪をかき上げ、一同の前で言い捨てる。

「リィエルの言うとおり、生存術訓練だと思えばなんてことはないし、こんな生活屁《へ》でもないわ。だから、もう貴方達、私に関わらないで、いい？」

どこまでも他者を拒絶するようなイヴの物言いに。

「いいわけねえだろっ！」

だんっ！　突然、グレンが語気荒く立ち上がり、イヴを睨《にら》み付ける。

そして、目を瞬《しばたた》かせて硬直するイヴへ顔を寄せ、叱りつける。

「お前、何考えてんだ⁉　貧民街で女が一人で野宿なんて、万が一のことがあったらどうするつもりだ⁉」

「は？　万が一？　私に？」

負けじとイヴがグレンを睨み返す。

「有り得ないわ。私を誰だと思ってるの？　腐っても、元・帝国宮廷魔導士団特務分室室長よ？」

「それでも四六時中気を張ってるわけにもいかねえし、人間いつか疲れる。どっかで隙もできる。

それに貧民街の悪党が考えることなんざ、世間知らずのお嬢なお前の想像を遥《はる》かに超えて悪質だぞ？　連中を魔術師じゃねえからって舐めたら絶対に駄目だ。わかってんのか？」

「……ッ⁉」

グレンに真《ま》っ直《す》ぐ、真摯に目を覗《のぞ》き込まれ、イヴが思わず息を呑《の》む。

「いくら力ある魔術師だろうが、お前は女なんだ。……もっと自分を大事にしろよ」

「ひょ、ひょっとして……貴方、私を心配してくれているの……？」

「は？　それ以外のなんだってんだ」

さも当然とばかりに、そう断言するグレンに。

「そ、……そう……なんだ……」

イヴは、かぁ〜っと顔を赤らめ、俯いて押し黙ってしまう。

そんなグレンとイヴの様子を。

「ねぇ……今日の先生って、どうしてこんなにジゴロモードなの？」

「あは……あはは……いつの間にか私達、大ピンチだよね……」

システィーナがジト目で、ルミアが苦笑いで見つめている。

「とにかくだ。当面、お前が住む家に関しては、俺に任せろ。つーか、さっさと事情を打ち明けて、大人しく俺を頼れば良かったんだよ、まったく……」

「……ぅ……その……」

「どうした、その顔。俺じゃ嫌か？」

「いえ、嫌じゃ……ないけど……その……貴方がそんなにグイグイ引っ張ってくれるタイプだとは、思ってなくて……」

「はぁ？　わけわからん」

「ふ、ふん……じゃ、お言葉に甘えて少しだけ頼りにさせてもらうわ、グレン……その……」

ありがとう、と。

俯き消え入るようなイヴの呟《つぶや》きは、グレンには届かない。

そんなグレンとイヴの様子を。

「ねぇ……私達、これもう詰んでない？」

「あ、諦めたらそこで試合終了だよ、システィ⁉」

システィーナが白目で、ルミアがあわあわしながら見つめていて。

「……？　イヴも、システィーナも、ルミアも、みんな、変」

リィエルだけがいつものように、不思議そうに小首を傾げているのであった。

そして、そんな微妙な雰囲気の中、グレンは不意にこんな爆弾を放り投げる。

「そうだ、イヴ。お前、俺が住んでいるアルフォネア邸にしばらく逗留《とうりゅう》するってのは、どうだ？」

「「そんなのダメぇえええええええええええええええええ——ッ！」」

システィーナとルミアが速攻で、猛反対した。

「な、なんで……お前らが反対するんだよ……？」

「そのっ！　そんなのダメに決まってるじゃないですかっ！　年頃の男女が同じ屋根の下で過ごすなんてっ！」

「そ、そうですよっ！　同棲《どうせい》なんてそんなの羨《うらや》ま——じゃなくて、ダメですよ、先生っ！」

「え？　なんでだ？　だって、俺とセリカはすでに……」

「「本来、そっちだって、ダメだって言いたいんですぅううっ！」」

どうも今日のシスティーナとルミアとは話がかみ合わない……グレンはため息を吐《つ》くし

かない。

「とりあえず、こいつらの意見は置いといてだ。イヴ、お前はどうだ？」

グレンが、正面に座るイヴへと目を向けると。

「別に。部屋を貸してくれるというなら、私にとっては願ってもないことなのだけれど」

イヴが難しい顔をする。

「私、家主のセリカ＝アルフォネア女史からの印象、あまり良くないから」

「だよなぁ」

グレンの脳裏に、イヴを住まわせてくれと紹介した途端、『ふーんだ！　私は、そんな女と一緒に暮らすなんて嫌だね！　つーん！』と、拗ねながら塩をバサバサ撒《ま》く、子供のようなセリカの姿が容易に思い浮かぶ。

セリカは、イヴのことを『軍時代、グレンを虐《いじ》めて使い潰した性悪女』と本気で思っていたことがある。

グレンが色々と事情を説明し、当初よりはセリカのイヴに対する印象と関係は改善しつつあるが……一緒に住むとなったらいい顔はしないだろう。

「やっぱ、まだ無理か」

「い、いっそのこと、イヴさん、私達のフィーベル邸に逗留するのはどうでしょうか？」

「ん。それ、いいと思う。レナードやフィリアナも多分、喜ぶ」

システィーナとリィエルがそんなことを言うと、やはりイヴはため息交じりに首を振った。

「ありがたい申し出だけど、それだけは駄目よ。さすがに講師が生徒の家に居候《いそうろう》だなんて。ここまで落ちぶれた私だけど、なけなしのプライドってものがあるわ」

「そ、そうですか……残念です」

イヴがそう言うなら仕方ない。システィーナは残念そうに引き下がるしかなかった。

「……となると。やっぱり、このフェジテのどっかに新居を探すしかないようだな」

グレンが頭をかきながら、そう言った。

「本当に見つかるのかしら……」

すると、イヴがどこか不安げに瞳を揺らす。

「前、私が住んでいた所だって、散々苦労して、やっと見つけたのに……」

「ん？　高級住宅地の邸宅なんか、金さえあれば、いくらでも見つかるだろう？　むしろ、貧民街で住めるレベルの安アパートを探すとかだったら、苦労するだろうが——」

どしゅ！

イヴが手を伸ばしてグレンの顔面を引っ摑《つか》む。万力のような握力がギリギリとグレンのこめかみを軋《きし》ませる。

「だ　か　ら！　そ　こ　は！　ど　う　で　も　い　い　か　ら！」

「ふぁい……」

　ますます四の五の言わせない不思議な圧力と迫力を放つイヴに、グレンは素直に首肯するしかない。

「ところで、イヴ……お前、手持ちは？」

「……ん。お金？」

　イヴが半ば投げやりに、懐《ふところ》から財布を取り出し、グレンに渡す。

「それが今の私の全財産よ」

「ちょっと失敬……なるほど、こりゃキッツいな。部屋を借りずに野宿したくなる気持ちもわかる」

　グレンが財布の中身をあらためながら、ぶつぶつと思索に耽《ふけ》る。

「だが、もうすぐ学院の給料日だ。この手持ち予算で今月分の家賃さえ、払える家をなんとか見つければ……」

　そんなグレンの横顔を、イヴが不安げに見つめていると。

「大丈夫だ」

視線に気付いたグレンが、イヴを励ますように力強く微笑《ほほえ》む。

「俺は、お前と違ってフェジテには詳しいし、不動産屋も色々知ってる。必ず、お前のお眼鏡に適《かな》う住処《すみか》を見つけてやるさ。だから、安心しろ。俺に任せとけ」

そんなグレンの笑みに。

「……っ！」

不意に、どきり……と。イヴの鼓動が跳ね上がった。

（──はっ⁉ な、ななな、何よ今の⁉ 何が、どきりよ⁉）

我に返ったイヴが、頭を抱える。

（あああああああ、もうっ！ 今日のグレン、さっきから何なの⁉ なんで、私がグレンごときにこうもペースを握られなきゃならないのよぉおおおおお──っ⁉）

胸の内で甘く渦巻き始めた何かを誤魔化すように、イヴは茹《ゆ》だった頭をブンブン振るう。

女の本能を理性でねじ伏せ、己を激しく叱咤《しった》する。

（な、なんか、逆に腹が立ってきたわッ！ 私は誰⁉ イヴ＝イグナイトよ⁉ 誇り高き《紅炎公《ロード・スカーレット》》ッ！ この高貴な私が、こんな庶民の三流ロクでなし男に振り回され、主導権握られるなんて、あってはならないことだわっ！）

負けん気の強いイヴのプライドが、ことここに来て、グレンへの対抗心をメラメラ燃やし始める。

そう、彼女は——悔しかったのだ。

（グレン、貴方《あなた》の手綱を取って、主導権を握るのは私！　私なの！　貴方がどういうつもりか知らないけど……これ以上、貴方の好き勝手にはさせないんだから……ッ！）

そんなことを考えながら。

イヴは、色々と思索するグレンの横顔を鋭く睨《にら》み付《つ》け始めて……でも、その頬にはどこか赤みも差していて……

「駄目だわ、コレ。もう王手だわ」

「うん……」

システィーナとルミアがどんよりした目で呻《うめ》く。

「？」

リィエルはそんな二人の顔を、交互に不思議そうに見比べるのであった。

——————。

「ここが、少々アングラだが、このフェジテの穴場的な物件を多く扱う不動産屋だ」

カフェを後にした一行は、グレンの案内で、フェジテの裏路地の一角にある、とある場所へとやって来る。

そこには商売をしているとはとても見えない、老朽化した建物が聳《そび》え立っていた。

「まぁ、ここなら良い物件がある可能性が……」

すると。

「そ、ありがとう」

イヴがすまし顔で、さっと髪をかきあげ、颯爽《さっそう》と建物内へと入ろうと歩き始める。

「お、おい⁉」

「ここさえ紹介してもらえれば、後は自分でできる。貴方はもうお役御免よグレン。じゃあね」

そう、つんと言い捨てて、イヴはさっさと入店してしまう。

「ったく……あいつ、ここまで来て、何をムキになってんだ？　そんなに俺の世話になるのは嫌かよ」

「はぁ……ツンデレって面倒ですね」

「あはは……システィがそれ言うかなぁ……」

「ん。ところで、つんでれって何？」

そんなこんなで。

グレン達も三者三様の表情で、イヴの後を追って入店するのであった。

その店内は、壁や天井、床に、無数の物件チラシが無造作に張られまくり、散らばりまくり、積み上げられまくった、いかにも胡散臭《うさんくさ》い混沌《こんとん》とした様相であった。

そして、そんな光景に圧倒されているイヴを、やはりそんな店に相応《ふさわ》しいチンピラ風の胡散臭い店主が、陽気に出迎える。

「よう、いらっしゃい！　ウチをよく見つけたな！　ウチにはちょっと掘り出し物的な優良物件が多く揃《そろ》ってるぜ、へへへ……」

「そ、そう。どんな物件があるの？　早速紹介してもらおうじゃない」

案内されるまま、イヴは店主とボロい机に向き合って腰かける。

グレン達が見守る中、すぐに、胡散臭い不動産店主とイヴの、物件交渉が始まるのであった。

その最中――

「イヴ。敷金《しききん》礼金家賃だけに気を取られるなよ？　むしろ、重視すべきは水回りの設備――」

「さっきから、いちいちうるっさいわねっ！　わかってるわよ！」

ことあるごとに、グレンが後ろから身を乗り出し、肩越しにイヴが読んでいる物件書類を指差してアドバイスするので、その都度、イヴの怒鳴り声が店内に響き渡った。

「先生、近い！　近いですって！」

後ろでシスティーナ達が何か言っているが、それどころではない。

「いいから、私にやらせなさいよ！」

「そんなこと言ったって、お前、さっき十年も拘束される物件に気付かず手を出そうとしただろ……しかも、途中解約金が法外なやつ……」

「うっ……それは……っ！」

「川のド真ん中のとんでもねえ立地の家にも手を出そうとしたし……お前、フェジテの地理にはまだ詳しくねえんだから、素直に俺に……」

「ううううぅうぅうぅう〜っ！」

イヴは、自分の肩のすぐ上にあるグレンの顔を涙目で睨み付ける。

すると、そんな二人の様子を見て、店主がニヤニヤと笑った。

「ははっ、奥さん、見たとこ良いトコのお嬢だろ？　しっかりとした良い旦那、捕まえたじゃねっすか！」

「「違います、夫婦じゃありませんんんんんんん〜〜っ！」」

絶叫するシスティーナとルミア。

「なんで、嬢ちゃん達が否定するんだ……？」

ぽかんとする店主。

そんなカオスな、イヴの新居選びは続いていく——

そして——

「これにするわ！」

ばんっ！　イヴがとある物件チラシをテーブルに叩《たた》き付ける。

その内容を見て、グレンが目を丸くする。

「おお……一戸建ての貸し邸宅、水回り設備は完璧、築年数もそこそこ、建築等級も高い、学院からは少々遠いが立地条件も悪くねぇ」

「ふふん！　どうよ、グレン!?　これを先に見つけたのは私よ！　私の勝ちねッ！」

「勝負だったたか？　これ」

勝ち誇るイヴに、グレンは頬をかくしかない。

「こんな良い物件、他にないわ！　さっそく契約を――」

「まぁ、待て」

気が逸《はや》るイヴを、グレンが手で制する。

「何よ!?」

「いや、おかしいだろ……良すぎるんだよ、条件が。破格すぎる」

グレンが店主を睨む。

「こっちの提示した予算で、こんな物件が紹介されるわけねえ。おい、店主……何かあるな？　この物件」

「はは、兄ちゃん、すっとぼけてそうで、やっぱ聡《さと》いなぁ」

すると、店主が肩を竦《すく》めて白状した。

「実はこの物件、曰《いわ》く付きでさぁ……〝出る〟んすよ」

「……〝出る〟」

押し黙るグレン達。

「ああ、間違いなく〝出る〟。この界隈《かいわい》では有名な、通称『G屋敷《やしき》』……今まで何人も、それで逃げ出しちまったんすよ……」

「………」

「すんません、これ以上は守秘義務があるんで。ただ、それ以外の条件は、ここに記載されている通りであることは保証しますぜ？」

「曰く付きの物件で……〝出る〟ってことは……？」

「G……、G……？　幽霊……？」

システィーナとルミアがぼそぼそと呟《つぶや》く。

グレンがくるっとイヴへ振り向く。その顔色は心なしか青い。

「ざ、残念だったな、イヴ」

グレンはイヴの肩を、慰めるようにポンポンと叩いた。

「まぁ、気を落とすなよ。根気良く探せば、そのうち良い物件が……」

だが、そんなグレンの手を払って、イヴが宣言した。

「構わないわ。これにする」

「「えぇぇぇぇぇぇ──ッ!?」」

イヴの決断に、素っ頓狂な叫びを上げるグレンとシスティーナ。

「お、おい、イヴ!?　お前、本気かよ!?」

「そ、そうですよ!?　〝出る〟んですよ!?　ここ！」

「はぁ……貴方達、何を怖じ気付《おけ》いているわけ？」

イヴが呆《あき》れたようにため息を吐《つ》く。

「私達は魔術師よ？　そこいらの地縛霊・悪霊《あくりょう》の類いなんか、対処法なんていくらでもあるわ。それとも何？　まさか怖いの？」

「だ、だだだ、誰がビビっているって証拠だよッッッ⁉」

今まで場の主導権を握っていたグレンが一転、情けなく及び腰になってしまっている。

そんなグレンの様子に気を良くしたイヴは、ますます調子に乗って、自分の意志を押し通そうとする。

「というわけで、店主。これに決めたわ。契約の手続きよろしく」

「う～ん……こちとら商売なんで構わないんすけど……後悔しないでくだせえよ？」

「ええ、もちろん。全て私の自己責任だわ」

余裕綽々《よゆうしゃくしゃく》のすまし顔で、さっさと契約手続きを済ませてしまうイヴ。

「……ふっ」

イヴが得意げに、グレンへ流し目を送って。

「ま、マジかよ……」

グレンは冷や汗を垂らしながら、そんなイヴを見つめるのであった。

――――。


新居の契約から入居までは、実にスムーズに行われた。

グレン達は店主に案内され、イヴの新居となる、こぢんまりとした一戸建て屋敷へやってくる。

そして、さっそく玄関広間に足を踏み入れていた。

「すごい、この屋敷……」

「本当だね……」

システィーナとルミアが感嘆する通り、屋敷のレベルはかなりのものだ。

フィーベル邸、アルフォネア邸の規模には遠く及ばないが、貴族屋敷然とした高貴な造りをしており、一人暮らしの一戸建てとしては充分過ぎる。

「これがあの値段とは、破格過ぎる……件《くだん》の〝曰く〟がなけりゃな」

「何よ？　〝曰く〟のお陰でこれほどの物件が安く手に入ったんだから、むしろ大歓迎だわ」

当のイヴはまったく気に留めない様子であった。

「なぁ、イヴ……お前、本気でここに住む気なのか……？」

グレンが、そう心配そうに問いかけると。

カサ……

屋敷のどこからか、微かな音が聞こえた……気がした。

「ひぇっ⁉」

あからさまにビビるグレン。

「ふん、大丈夫よ」

だが、イヴはまるで気にも留めないように言う。

「お祓《はら》いの儀式はするし、悪霊除《よ》けの結界も張るつもりだし、私、浄化の炎も得意なの。万が一出てきても、焼き尽くしてやるわ」

「う……だけどよ……やっぱ、何かあるぜ、ここ……マジで」

「うるさいわね！」

しつこく食い下がるグレンへ、イヴが苛立《いらだ》ったように言う。

「この私がいいって言うんだから、いいの！　色々世話してくれたのは感謝しているけど、さすがにこれ以上はお節介よ！」

「そ、そうか……」

イヴがそう言い切るなら仕方ない。

グレンはどこか不服げに、引き下がるしかないのであった。

そして――

イヴが新居に入居し、グレン達が帰って、時分は夜。

「ふぅ～～っ」

イヴは浴室にて、ノンビリと風呂《ふろ》へ入っていた。

たっぷり湯を張った白い湯舟の中に、その女性として過不足なく均整の取れた美しい裸身を沈める。

ここ数日の野宿生活と引っ越しの疲れが、湯に溶け出していくかのようであった。

「あ～、ようやく人心地ついたわ」

湯の熱に頭をぼんやりさせながら、イヴが息を吐く。

「本当に、いい物件を手に入れることができたわ……」

先ほど見て回ったこの屋敷内の様相を思い返し、改めてそう思う。

この湯舟も、以前の安アパートにあったような、足を縮めなければ入れないものではなく、伸び伸びと足を伸ばしてリラックスできる大きさだ。

「本当に探せばあるものね……これもグレンのお陰……」

急に気恥ずかしくなって、イヴは口元まで湯に沈んで黙った。

(ちょっと……つれない対応し過ぎたかしら、最後……)

グレンがいてくれたから、こんな物件が見つかったのは間違いない。

だけど、なぜかあの時は、素直になれず、まるで追い立てるように追い返してしまった。

(明日……ちゃんと改めてお礼をしよう……うん……)

イヴがそんなことを、ぼんやりと考えていた……その時だった。


カサ……


屋敷内のどこからか、音がした。

カサ……カサ……

カサカサカサ……

カサカサカサカサカサカサ……

「……はぁ～……」

イヴが盛大にため息を吐く。

「〝出た〟わね。結構、念入りに破魔の結界を張ったはずなんだけど……まぁ、いいわ」

ばしゃりと、お湯を蹴ってイヴが立ち上がる。

その艶《なま》めかしい身体《からだ》に、くるっとバスタオルを一枚巻いて、そのまま浴室を出る。廊下を歩いて行く。

「〝出た〟なら好都合だわ。面倒だから、もう自らの手でさっさと祓ってやる」

ぼっ！　イヴの手に、手品のように現れたのは、眩《まばゆ》い炎が灯《とも》る十字架型の短剣だ。

イグナイトの秘伝【十字聖火】。並の不死者など、数百匹殺して余りある最強クラスの浄化魔術である。

耳を澄ませば、奇妙なカサカサ音はまだ微《かす》かに聞こえている。二階だ。

「ま、引っ越し先の大掃除だとでも思えば……」

そんなことを呟きつつ、イヴは樫《かし》の螺旋《らせん》階段を上っていくのであった――

――――。

一方、その頃――


「イヴのやつ……本当に大丈夫なのか？」

イヴの新居の周辺で、ウロウロしているグレンの姿があった。

「まさか、あいつ……〝出る〟家を選ぶなんて……」

よくよく見れば、グレンの膝はガクブル震えている。

「はぁ……まったく、お化け苦手なくせに……怖いならもう帰ったらいいじゃないですか……」

そんなグレンの微妙に格好悪い姿を、システィーナ達が後ろで眺めている。

「お、俺はっ！　別になんとも思ってねーよっ！　怖くねーよ!?」

顔を青ざめさせて強がりながらも、グレンはまだ帰る気がなさそうだ。

「はいはい……」

そんなグレンを前に、システィーナは呆れたようにため息を吐いた。

「でも、今回、先生は、本当にイヴさんのために必死だね……」

ルミアがどこか切なそうに言う。

「うん……何かいつもと違う……先生って、やっぱりイヴさんのこと……」

応じるシスティーナの言葉も、どこか消沈している。

「むぅ……イヴばっかりズルい」

リィエルもどこか元気がない。

と、そんな風に三人娘達が、三様にため息を吐いた……その時だった。


キャァアアアアアアアアアアアアアアアアアア――ッ！


絹を裂くような女の悲鳴が、一同の耳に飛び込んできた。

疑いようもなく、屋敷《やしき》内からのイヴの悲鳴だ。

「せ、先生、今の!?」

「イヴッ！」

先程まで、戦々恐々として震えていた姿はどこへやら、グレンは悲鳴を聞いた途端、迷いなく駆け出していくのであった。

「嫌っ！　嫌ぁああああ――ッ！　来ないでぇえええええ――っ！」

どがっ！

屋敷の玄関扉を蹴り開け、イヴの悲鳴が聞こえる二階へ、グレンが猛然と駆け上っていく。

「イヴ！　どうした⁉　何があった⁉」

見れば、廊下の先に、力なくぺたんと尻もちをつくイヴの背中が見える。

「あ、ぁ……ぁあぁぁあ……ッ⁉」

そして、そんなイヴが見つめる先に……〝そいつ〟はいた。

全体的に黒光りした流線形のフォルム。ピクピク動く二本の長い触覚、六本の足。

一般家庭の台所ではわりとお馴染《なじ》みな存在だが……そのサイズが違う。

一体、いままでどこに隠れていたのか……〝そいつ〟の体長は、なんと一メトラを超えていたのだ。

「G《■■■■》ぃいいいいい⁉　何コレ、デッケェエエエエエ――ッ⁉」

さすがのグレンも、嘘《うそ》みたいな光景に目を剝《む》いていると。

ばずっ！　そんなグレンに、涙目のイヴが必死に抱きついてくる。

「お願い！　助けて、グレン！　私、G[redacted]だけは駄目なのぉっ！」

「お、おい⁉　抱きつくな、暴れるな⁉　動けねえって⁉　うおおおおお⁉　く、来るぞぉおおおおおおおおお——ッ⁉」

そんなくんずほぐれつしている二人へ。

カサカサカサカサカサーッ！

巨大Gが、その巨体に似合わぬ素早い動きで突進してくる。

それは——まさに悪夢の光景であった——


——とはいえ。

しょせん、GはGである。

デカくて、生理的にキモくて、恐るべき存在ではあるが……結局、それ以上でも以下でもない。

イヴに抱きつかれつつも、グレンがGを蹴っ飛ばし、ひっくり返ってる隙に銃弾を何発か叩《たた》き込めば、Gはあっさりと動かなくなってしまう。

「はぁ……はぁ……ああー、びびった……なんなんだコイツは……？」

「ぐすっ……ひっく……あ、ありがとう、グレン……」

「お、おう……」

だから、問題は──

「せ、先生……イヴさん……何をやってるんですか……？」

「あ」

ようやく追い付いてきたシスティーナの言葉に、グレンは気付く。

グレンに抱きついているイヴの姿。

入浴中だった彼女が身体に巻いていたバスタオルは、取り乱して暴れていたせいで、すっかりずり落ち、床の上にある。

つまり、今のイヴは、完全に生まれたままの姿で、グレンにしっかりと抱きついてしまっているわけで。

「きゃ、きゃあああああああああああああああ──ッ！　嫌ぁああああああああああああああ──ッ！　見ないでぇええええええええ──ッ！」

「ちょ──イヴ、炎は止《や》めグワァアアアアアアアア──ッ！」

目を混沌《こんとん》に渦巻かせ、噴火したように顔を真っ赤にして、辺り構わず燃やそうとするイヴを、グレン達はなんとか必死に取り押さえようとするのであった──

――――。


通称『G屋敷』――フェジテ不動産屋界隈《かいわい》では有名な曰《いわ》く付き物件。

噂《うわさ》によれば、以前、アルザーノ帝国魔術学院に勤務する、とある魔導工学教授O＝S氏が『新発明の実験に使いたい』と一時的に賃貸入居して以来、屋敷内に、巨大なGが時折、出没するようになったらしい。

そのO＝S氏と、その現象の因果関係は不明である――


――――。


それからしばらくして。

「よう、イヴ。遊びに来てやったぜ」

「こんにちは、イヴさん！　お邪魔します！」

「ったく、貴方《あなた》達は……」

玄関の扉を開けると、そこに立っているグレン、システィーナ、ルミア、リィエルの姿に、イヴはため息を吐《つ》きながらも、室内に招き入れる。

今、イヴが借りているこのアパートの部屋は、結局、グレンが見つけてくれた掘り出し物の物件だ。

しっかりとした造りで値段も手頃、立地条件も良い。清潔でそれなりに高級感もある。件《くだん》のG屋敷よりは間取りは狭いが……部屋数も三つあり、やはり一人暮らしするには充分だ。

「イヴさん！　ケーキのお土産持って来ましたよ！」

「ん。苺《いちご》タルトもある」

「今、お紅茶の準備しますね」

勝手知ったる他人の家、三人娘達はずかずかと、イヴの部屋の奥へと移動していった。

「はぁ……ここ、私の家なんだけど」

「やれやれだぜ」

イヴがため息を、グレンが苦笑いをして、そんな三人娘達を見送っていると。

「……ありがとう」

イヴがぼそりと独り言のように、グレンへお礼を呟《つぶや》いていた。

「今回の件は……もう、何から何まで貴方にお世話になりっぱなしよ」

「お？　どうした？　やけに素直じゃねえか」

「うるさいわね、私だってそういう気分の時くらいある」

つん、とそっぽを向くイヴ。

「でも……わからないわ。どうして、貴方は、私にここまでしてくれたわけ？」

「！」

すると、グレンがしばらくばつが悪そうに頭をかいて。

「俺だって……軍時代には、お前に色々世話になったしな」

そんなことを呟いていた。

「俺が軍時代に色々ヤンチャして……お前はぶつくさ言いながらも、最後には結局フォローしてくれたじゃねーか……色々あった今だから素直に言えることだが……こう見えて、お前には感謝してんだ。まぁ……アレだ。〝困った時はお互い様〟ってやつだ」

「…………」

すると、イヴはしばらくそんなグレンの横顔を流し見て。

「バカ」

やっぱり、ぷいっとそっぽを向く。心なしか、その頬には赤みが差しているのであった。

「おいおい、そんな言い方はねーだろ……」

「ふん、知らないわよ。そんなことより、ほら。そんな所に突っ立ってないで、さっさと入りなさい」

　ぐいっと。

　イヴがグレンの腕に自分の腕を絡《から》めて、部屋の中へと引っ張っていく。

「お、おい……ッ⁉」

　グレンはそのまま、イヴに腕を組まれるまま、入室するのであった。


　一方、台所にて──

「むっ⁉　る、ルミア⁉　大変だわ！　私達、またなんか超ピンチな気がするっ！」

「ぐ、偶然だね！　わ、私もなんか、凄《すご》く嫌な予感が……ッ！」

　お茶を用意しているシスティーナとルミアが顔色を真っ青にして。

「？」

　リィエルが相変わらず、一人不思議そうに小首を傾《かし》げて。

　今日も、フェジテで、そんな平和な一時が流れていくのであった──

熱き青春の拳闘大会

The Red-Hot Boxing Tournament

Memory records of bastard magic instructor

スパァン！　パァンッ！

パパパパァン！　ドパァンッ！

アルザーノ帝国魔術学院、放課後の中庭に、芯の通った軽快な打撃音が響き渡っている。

木の枝に大きなサンドバッグが吊《つ》るされており、誰かがそれを拳で叩いている。

学院の魔術講師グレンだ。

グレンは拳闘の構えから、グローブを嵌《は》めた左右の拳を次々とサンドバッグへ鋭く繰り出していく。

「ふっ！　はっ！　しぃっ！」

軽快なステップから左の三連ジャブ、腰の入った右ストレート、続く左右のフック、ボディ、さらに一歩大きく踏み込んでストレート一閃《いっせん》。

ドッバァアンッ！

と、一心不乱にサンドバッグを叩き続けているそんなグレンの様子を。

「……先生、一体、何をしているんですか？」

いつもの三人娘――システィーナ、ルミア、リィエルが見守っていた。

すると、グレンは最後に全身全霊の拳打でサンドバッグを殴り飛ばし――残心と共に息を吐く。

ギシギシと前後に揺れるサンドバッグに背を向け、額の汗を拭いながら、システィーナ達に振り返る。

「見てわからないか？　拳闘だよ」

とても爽やかな笑顔だった。

「いや、まぁ……それは見ればわかるんですけど」

そんな奇妙なグレンに、システィーナは頬を引きつらせるしかない。

「私が聞きたいのは、どうして先生が突然、拳闘なんかに目覚めちゃったのかなってことなんですが……」

「おいおい、白猫《しろねこ》、忘れたか？　剣術、拳闘、乗馬、狩猟、魔術は、帝国貴族の五大教養……紳士の嗜《たしな》みだぜ？

真なる紳士たるこの俺が、今、改めて拳闘の鍛錬に励むことに一体、何の不思議があるんだ？」

「いや、まぁ……うん、まぁ……」

なんとなく歯切れの悪いシスティーナに背を向け、グレンは再びサンドバッグに向かって拳を構える。

そして、打ち込みを再開しながら、ぽつぽつと語り始めた。

「以前、話したことあったかな？　俺……子供の頃、セリカに拳闘も習っててさ。魔術と同じくらい夢中になっていた時期もあったんだぜ？」

「…………」

打ち込みを続けるグレンの背中を、システィーナは無言で見つめ続ける。

「朝から晩まで無我夢中で、サンドバッグを叩《たた》き続けてさ……打ち込むほどに、自分の拳が鋭く研ぎ澄まされていく感覚が好きだった」

「…………」

「正しい型を守って打ち込み続けるのは辛《つら》い作業だ。でも、一発打ち込む度に少しずつ雑念が消えていって……思考がクリアになっていって……気付けば、俺はいつもただ一人、真っ白な世界の中にいるんだ。呼吸、鼓動、拳が風を切る音……それだけで完結していた静寂の世界が心地よくて……」

「…………」

「やがて、呆《あき》れたセリカが、そろそろ夕飯だぞと俺を呼びに来てな……そこで初めて、もうとっくに日が落ちて、周囲が真っ暗になっていることに気付くんだ。セリカに呼ばれるほんの数瞬前まで、俺はあの真っ白な世界にいたっていうのに」

「…………」

「あの頃は不思議だったが、今ならわかる。俺、本当は、拳闘が心の底から好きだったんだなって。だから、もう一度、この道を極めてみるのも悪くないんじゃないかなってな」

そう言って。

グレンはさらに回転数を上げて、サンドバッグへ打ち込んでいく。

と、そんな時。

グレンのスラックスの尻ポケットから、折りたたんであった紙が一枚、ぽろりと抜け落ちる。

それがひらひらとシスティーナの足元へ落ちて来る。

「…………」

システィーナはそれを無言で拾い上げ、ガサガサと開いた。

その紙に記載してあった文面は──

フェジテ毎年恒例、拳闘大会開催！　優勝賞金は5万リル！

会場はフェジテ中央区総合競技場。

日時は――参加希望者の事前登録方法は――参加資格は――……


「そんなこったろうと思ったわ！」

ぐしゃぐしゃーっ！　と、紙を丸めるシスティーナであった。

「ちょっと先生！　何、爽やかスポ根キャラを装《よそお》ってるんですか!?　結局、お金じゃないですかっ!?」

「はぁあああ――ッ!?　だ、誰がお金目当てだっていう証拠だよ!?」

途端、グレンがシスティーナに高速で詰め寄って吠《ほ》えかかる。

「べ、別に、俺、先日、セリカとの賭け戦戯盤でムキになって大損したとか、学院の魔術素材を私的利用でちょろまかして減俸喰《く》らったとかで、今月超ピンチ！　とか、全然そんなんじゃねーし!?」

「語るに落ちてるじゃないですか！」

「大体5万リルだぞ!?　俺の給料の何ヶ月分だよ!?　こんなの参加するに決まってるダロ

オオオ⁉」

「最早《もはや》、取り繕う気もない！」

ふかーっ！　と。グレンに負けじと吠かかるシスティーナ。

だが、当のグレンはどこ吹く風だ。

「ふーん！　うっさいわい！　勝てば官軍なんだよ、コノ野郎！　大体、これはフェジテの貴族会主催の伝統的な拳闘大会なんだぞ？　身分問わず自由参加が可能で、バイトとは違うから学院の講師規定には引っかからん。合法だ、合法」

「ぐ、ぐぬぬぬ……」

一理あるグレンの物言いに、システィーナが一瞬、返しに詰まる。

「で、でもっ！　私が言いたいのはですね！　拳闘は確かに貴族の五大教養の一つですが、栄えある学院の魔術講師が、お金目当てに一般の大会に参加するのは、いかがなものかってことですよ⁉　先生はもっと学院の講師としての自覚を――」

「バカ野郎！　肩書きや正論で飯が食えるかぁあああああ――ッ⁉」

そう堂々と言い切って。

グレンはシスティーナを無視し、サンドバッグへの打ち込みを再開する。

「とにかく放っておいてくれ！　こんな場末の拳闘大会で、素人《しろうと》ぶちのめすだけで5万だぞ⁉　５万⁉　こんな美味《おい》しいチャンス見逃せるかってんだ！　だーっはははは っ！」

「こ、このロクでなし……ッ！」

システィーナはビキビキとこめかみに青筋を立てるものの、諦めたようにため息を吐《つ》くのであった。

「まったく、こいつは本当にもう！」

「あはは……でも、システィ。確かに賞金目当てとはいえ、正当な大会に正式な手続きで参加……私は別に悪いことじゃないと思うな」

そんなシスティーナへ、ルミアが穏やかに微笑《ほほえ》みかける。

すると、システィーナはどこかバツが悪そうに口ごもる。

「ま、まぁ……そりゃ確かに、いつもの悪巧みと比べれば、今回のは大分マシだけど……それでも、学院の教師がお金目当てで参加するなんて……」

「勝者には名誉と褒賞《ほうしょう》を、だよ」

ルミアが宥めるように言った。

「別に拳闘に限らず、剣術でも乗馬でも、優れた使い手には、身分問わず相応の賞讃《しょうさん》と褒賞を贈るのが、この国の伝統だよ？」

帝国貴族の頂点たる王族の視点で語るルミア。

「ん。わたしにはよくわからないけど……何が駄目なの？　システィーナ」

リィエルまで、キョトンとシスティーナを見つめてくる。

「むむむ……」

どうにも分が悪いシスティーナは、ジト目で悔しげに口ごもるしかない。

すると、ルミアがそんなシスティーナを見て、くすりと笑った。

「確かに、名誉よりお金目当てなところが先生らしいとは思うけど……ねぇ、見て、システィ」

ルミアが、サンドバッグに打ち込みを続けるグレンを指差す。

システィーナが、それにつられて視線を向けると……

「？」

「──ふっ！　はっ！」

つい先ほどまでシスティーナとじゃれていた様子はどこへやら。

もう忘れてしまったかのように、グレンは洗練された動作で、一心不乱に拳を振るい続けていた。

パパァン！　スパァン！

サンドバッグを叩く乾いた高音が、断続的に辺りに木霊《こだま》する。

「ふぅ——ッ！　しぃッ！」

そうやって拳を繰り出し続けるグレンの目は真剣そのものだ。その横顔を見つめていると、まるで魂を吸い込まれそうな感覚に陥る。

時折、額から飛び散る珠《たま》のような汗が物語るグレンの〝本気〟。

余程深く集中し、没頭しているのか……もう完全に自分だけの世界に入り込んでいるようであった。

〝拳闘が好きだった〟

〝気付けば、白い世界にいた〟

どうやら、グレンのあの言葉はまったくの嘘《うそ》でもないようで。

システィーナは自然と高鳴る胸を押さえ、ぼんやり物思う。

何かに思いをかける男の横顔というのは、何かこう、とても……

「格好いいよね？　今の先生」

そんなルミアの言葉に。

「ふ、ふんっ！　まぁ、いつもみたいにロクでもないズルしないなら、別に好きにすればいいんじゃないっ⁉」

システィーナは頰を赤らめながら、慌てたように、ぷいっとそっぽを向くのであった。

――――。


そして、そんなこんなで。

あっという間に時は流れ……大会当日がやって来る。

グレン達は、フェジテ中央区にある競技場へと向かっていた。

「でも、まさかイヴさんまで観戦に来るなんて思いませんでした」

システィーナが振り返ると、一行の最後尾にイヴもついてきていた。

先日、グレンの応援のために誘ったら、あっさり承諾した次第である。

「私、別に格闘技観戦、嫌いじゃないから。色々と参考になるし」

「ああ、そういえば、イヴさんも軍人ですしね」

「元、よ」

イヴはさらりと髪をかき上げ、先頭を歩くグレンへ声を投げる。

「それよりグレン。貴方《あなた》、あまり本気出して、対戦相手に余計な怪我《けが》をさせないようにね？」

「へいへい。わぁーってますよ、室長サマ。ったく……」

うるさそうに頭を掻《か》きながら、そう返すグレン。

そんな二人のやりとりに、システィーナが目を瞬《しばたた》かせる。

「あ、あれ？　イヴさんって、ひょっとして……先生が優勝すると思ってませんか……？」

「は？　そんなの当たり前でしょう」

イヴはあっさりと肯定した。

「この男を誰だと思っているの？　元・特務分室の執行官よ？　魔導士としては三流だけど、その近接格闘戦の技量はそこらの素人の手に負えるレベルじゃないわ。なんでもありの地下大会ならともかく、こんな一地方のアマチュア拳闘大会で、グレンが負けるわけないでしょう？」

そう語るイヴは、グレンの勝利を少しも疑っていないようだ。

これが、かつて地獄の修羅場を共に潜《くぐ》り抜けた上官と部下の信頼というやつだろうか？

普段は、些細《ささい》なことでグレンといがみ合っているイヴだが、根本的には認めているあたり、モヤモヤする不安を覚えるシスティーナであった。

「ま、まぁ、それはともかく……競技場につきましたよ？」

ルミアの指摘通り、いつの間にか一行はフェジテ中央区にある円形の市立競技場に辿《たど》り着いていた。

その周辺は、本日の拳闘大会を観戦しようとやって来た多くの市民達でごった返していた。

この拳闘大会は、毎年恒例で行われるフェジテ市民の楽しみの一つ、お祭みたいなものだ。競技場前広場では様々な露店や食べ物の屋台も並び、景気良く賑《にぎ》わっていた。

「よし、お前ら観客組はあっちだな？　俺はこっちだ。じゃあな」

競技場の一般正面入り口前で、グレンがシスティーナ達と別れる。

「よっしゃあああ！　５万リルは俺のもんじゃああああ――っ！」

そう叫んで、意気揚々と出場者用入り口から、競技場の中へ消えていくグレンであった。

「ふふっ、気合い入ってるね、先生」

「まったくロクでもない……」

ルミアが苦笑いで、システィーナがジト目でそれを見送る。

と、その時だった。

「あれ……何？」

リィエルが正面入り口付近に設置された大きなブースを指さしていた。

その場所では、どこか殺気立った人々が、何やら頭上の看板と睨《にら》めっこしながら、何らかの券を購入していた。

「闘券売り場よ」

イヴが解説を始める。

「今大会の参加選手の誰が優勝するか予想してお金を賭ける……まぁ、一言で言えば、公営ギャンブルよ」

「んなっ⁉　ギャンブル⁉」

ギャンブル＝悪と決めつけているシスティーナが即座に目をつり上げる。

よくよく見れば、その場の人々が必死に見上げる看板には、選手名とオッズが記載されていた。

「別に、この手の競技大会での賭けは珍しくないわよ。運営側もこの収益を狙って開催するわけだし」

「で、でも……ギャンブルなんて」

「はぁ……貴女《あなた》もまだまだ子供ね」

イヴが呆《あき》れたように肩を竦《すく》めて、ため息を吐いた。

それでも尚《なお》、システィーナが何か物言いたげにしていると。

「え？　ルミア？」

なんとルミアが、ささっと闘券売り場に並んで、闘券を一枚購入してしまった。

「えへへ♪　買っちゃった」

システィーナの所に戻って来るなり、嬉《うれ》しそうに券を見せるルミア。

「ちょ、ルミア⁉　何をやってるの⁉　わかってるの⁉　これはギャンブルで――ッ！」

たちまちシスティーナが声を荒らげるが、ルミアは穏やかに応じる。

「大丈夫だよ、システィ。銅貨一枚……1セルト分しか買ってないし」

「で、でも……ッ！」

「それに、これは先生への応援。〝きっと貴方が勝つと信じています〟ってことなんだよ？」

見れば、ルミアが買った券には、グレンの名前が記載されている。

元々、賭博《とばく》とは伝統的に高貴なる者達の娯楽だ。

そして、ルミアは元・王女。地方行幸で競馬などを観戦することもあったがゆえに、こういうことに対する忌避感が薄いのだ。

「ん？　その紙を買うと、グレンの応援になるの？　じゃ、わたしも」

すると、リィエルもシスティーナの見ている前で、銅貨を一枚売り子に渡して、グレンの券を買った。

このままだと、システィーナ一人だけ空気が読めてない子である。

「ま、まぁ……応援程度なら、私も」

仕方なく、システィーナも券を購入しようと売り場に向かった。

看板を見上げ、グレンの名を探す。

すると、それを見た瞬間、システィーナは固まるしかなかった。

「えっ⁉ 何、このオッズ⁉」

グレンの名前の隣に記載されたオッズが、とんでもない数字になっているのだ。驚異の約百倍。断トツの大穴である。

「なるほど」

いつの間にかシスティーナの背後にやって来ていたイヴが、それを見上げてニヤリとほくそ笑んだ。

「この大会は毎年恒例で開催されるもの……つまり、このオッズは去年までの戦績や他大会の実績で決まるわ。つまり無名の新人たるグレンは完全な大穴扱いってこと……チャンスね」

すると。

目を瞬かせているシスティーナの前で、イヴが闘券売り場に並び、財布からジャラジャラと銀貨を出して、グレンの券を購入する。

「ええええええ!?　イヴさん、一体、いくら賭けたんですか!?」

「今の私の全財産よ」

「全財産!?」

「だって、こんな勝ちが決まってる美味《おい》しいギャンブル、他にないし」

イヴの大胆過ぎる行動に、システィーナは口をパクパクするしかない。

どうやら、イヴもルミア同様、賭博に忌避感が薄いタイプらしかった。

「ふふ、助かったわ。これで当面の生活費に余裕ができそう。少し贅沢《ぜいたく》でもしてみようかしら?」

「…………」

尊敬するイヴのまさかの行動に、システィーナの心は揺れに揺れた。

グレンの勝利は間違いないというその状況。

そこに、お金を賭けるのは〝グレンへの応援〟という大義名分もある。

「百倍……」

改めて、システィーナはグレンのオッズと、財布の中身を見比べる。

「……百倍……」

もし、今月の小遣いを全部グレンに賭けたら……ずっと前から欲しかったアレが買える。

以前、とある古書店で見つけた、古代の物語群を収集編纂《へんさん》した貴重な稀覯《きこう》本だ。喉から手が出るほど欲しい本なのだが、学生のシスティーナには到底、手が出せない高価な本である。

だが、もしこの勝ち確ギャンブルで大金を入手できたら……？

〝魔が差す〟という言葉がある。

「こ、こここ、これは応援……そ、そう……ルミアの言うとおり、グレン先生への応援なんだからッ！　だっ、だだだ、だから……ッ！」

目を混沌《こんとん》に渦巻かせ、どこか正常でないシスティーナが、ふらふらと財布を取り出すのであった——

こうして、大会は開催された。

集まった百人近い選手達は、時間が来ると競技場の中央、観客席に囲まれた競技フィールドに集められる。

そして、人で賑わう観客席からの視線を一身に浴びながら、グレンは叫んでいた。

「なんじゃこりゃあああああああああああああ——ッ⁉」

真っ青になったグレンが、左右に首をブンブン振って、周囲の選手達の顔を検分していく。

「あ、あの入れ墨のやつは、シロア拳友会の《禿鷹《はげたか》》ジャック＝ニコル！　あのノッポは、帝国拳闘連盟会不動の王者ランディ＝ケール⁉　あっちのハゲは地下拳闘大会の覇者ダン＝ヴァンダールッ！　海外でその勇名を馳《は》せる拳の英雄ハウゼン＝グレシーまで⁉　他にも、この業界で超有名な実力派連中がゴロゴロと……なんだこれ⁉　なんで、こんな場末のアマチュア大会にこんな超一流のプロ拳闘家が集まってるんだぁああああ――ッ⁉」

グレンが見渡す限り、強敵、強敵、強敵のバーゲンセールである。

どいつもこいつも、極限まで鍛え抜かれた筋骨隆々としたボディで、どぉ～んと猛者《もさ》のオーラを放っており、その存在感でグレンを圧迫してくる。

そして、その誰もがこの場で完全に浮いているグレンを、値踏みするように見つめてくる。

「おい、ミゲル……見ろよ、あそこのヒョロガリあんちゃん」

「見た感じ、退役軍人ってやつだろうな……連中の足運びは特徴的だ」

「だな。じゃあ、昔取った杵柄《きねづか》で小銭稼ぎに来たってわけかい」

「どこの誰か知らねえが、拳闘舐《な》めてやがる……試合でぶつかったら、ぶっ殺してやるぜ」

そして、グレンに興味がないような連中も……

「キヒッ、クヒヒヒッ！　血が……血が見たいなぁ……ヒャヒャヒャ！」

「あぁぁ、拳闘たまんねぇよ……拳で肉と骨を打つ感触を思い返すだけで、俺ぁイッちまいそうだぜ……あぁ……ぁ、ぁ、ぁッ」

明らかに、ヤバい。

「こ、怖《こえ》ぇえええええぇ!?　なんなんだコイツら!?」

——一方、観客席では。

システィーナが今大会のパンフレットを流し読みしながら、顔を真っ青にしていた。

「あの……イヴさん？　さっきの闘拳売り場では気付かなかったんですが……なんか、今回の大会……あまり拳闘詳しくない私でも知ってるレジェンド級拳闘家達の名前がゴロゴロと……」

「…………」

対するイヴは、競技フィールドに集まった選手達の顔ぶれを氷のような視線で眺めている。

「だ、大丈夫ですよね？　先生は元・特務分室の執行官ですものね⁉　負けるわけないですよね⁉」

するとそれまで静かに沈黙を保っていたイヴが、さらりと優雅に髪をかき上げ、自信に満ちた鋭い表情を微塵《みじん》も崩さぬまま言い放った。

「と、ととと、当然よ。ぐ、ぐ、グレンが、こんな場末の大会で、ま、ま、負けるはずが、ななな、ない――」

「めっちゃ動揺してません⁉」


「ったく、参ったぜ……この大会がこんなにハイレベルだったなんて……つーか、去年まではアマチュア同士で和気藹々《わきあいあい》とやる大会だったはずだろ……なんで突然、こんな中央も真っ青なガチ大会に……？」

と、その時、グレンがふと気付く。

見上げる観客席の一角。

そこに据えられた豪華なテラスのような貴賓席に、この大会の出資者たる貴族や資産家達が集まり、握手を交わし合っている。

その中に……見慣れた金髪美女の姿が見えた。セリカだ。

そして、どう見ても、その場に集まった貴族達は皆、セリカに愛想笑《あいそ》いしてペコペコしている。

「なんかわかった気がする！　この大会の裏側の狂ったカラクリ！」

と、グレンが何かを悟った、その時だった。

どっ！

集まった選手達の一角で、騒ぎが起こった。

「なんだ？」

グレンがそちらに目を向ければ——

「おいおい、ここはガキの遊び場じゃねーんだ……とっとと帰ってママのオッパイでも吸ってな！」

誰かが、ガラの悪い拳闘家数名に絡《から》まれているようだった。

「…………」

絡まれているのは、グレンよりやや歳下《としした》の少年だ。

どうしてこんな野蛮人の巣にいるのかわからないような、線の細い美少年である。

（あいつも選手なのか？）

グレンが眉を顰《ひそ》めていると。

「――――」

その少年が、自分を取り囲むガラの悪い拳闘家達へ何かを呟《つぶや》く。

その瞬間。

「いい度胸だ、ガキッ！　この場でブッ殺してやらぁあああ――ッ！」

ガラの悪い拳闘家達はたちまち、顔を真っ赤にしてブチ切れ、少年に拳を振り上げて殴りかかる――

「やべ――ッ！」

助けに入ろうと、グレンが地を蹴って少年へ向かって駆け出した……まさにその瞬間だった。

「――ふっ！」

少年が――動いた。

まるで残像を引くように、速く、鋭く鮮やかに。

繰り出されるは、目にも留まらぬ拳打の嵐。為《な》すは一撃一倒。

「……ぐ、ぁあ……ッ!?」

「ば、バカ……な……ッ！」

たちまち、バタバタと倒れ伏していく拳闘家達。

そして──

「シィ──ッ！」

その少年は、駆け寄って来るグレンも敵と見なし、拳を真《ま》っ直《す》ぐ繰り出してくる。

「──ッ⁉」

目を見開くグレン。

自分に向かって伸びてくる少年の拳は速い。速すぎる。

そして、何よりも──美しい。

その一打は、まるで拳闘で表現する芸術作品の完成形だ。

かわすこともできず、かわすという発想すらできずに、グレンがその迫る拳を受け入れようとしていると──

ピタリ。少年の拳がグレンの鼻先で止まった。

「失礼。アンタは違ったようだ」

少年が拳を引いた。

そして、呆《ほう》けるしかないグレンに背を向け、吐き捨てるように言い放つ。

「だが、酷《ひど》い大会だな。どいつもこいつも拳闘を金儲《かねもう》けの道具としか考えてないクズばかりだ。どうせ、アンタもそこでノビてる連中と似たようなもんなんだろ？」

「………」

「だからレベルが低い。あの程度の拳打に反応すらできない。アンタは勝てないよ。怪我《けが》しないうちに、さっさと棄権して帰ることだな」

そう一方的に、噛《か》み付くように言い捨てて、その少年はその場から去って行く。

（あいつ……強《つえ》え）

グレンは総身に走るぞくりとした感覚と共に、その少年の背を見送るしかなかった――

――一方、観客席では。

「今のあの少年……多分、このオスカー＝ボックスって人ですね……」

システィーナが、パンフレットの登録選手の顔写像画と少年を見比べながら、ぼそぼそと呟く。

「………」

イヴは氷のような視線で、去って行くオスカーを見つめている。

「先生と同じ、まったく無名の人なので、同じくオッズがとんでもないことになってます……でも……このオスカーさん、先生よりも動きが速く、技がキレてなかったですか？」

そして、グレンからある程度、格闘技の薫陶《くんとう》も受けているから、システィーナにはわかる。

「あの人……多分、先生より強いんじゃ……？」

すると、それまで静かに沈黙を保っていたイヴが、さらりと優雅に髪をかき上げ、自信に満ちた鋭い表情を微塵も崩さぬまま言い放った。

「ふっ、システィーナ。いい？　いくら強くても、しょせん、あの子はただの拳闘家に過ぎないわ」

「えっ？」

「蹴り、投げ、極《き》め禁止……拳闘は純粋に拳打の技量を競うものよ。それが最大威力を発揮するのは、拳闘という競技ルールの枠組み内だけ。たとえば……この大会のような」

「な、なるほど……つまり先生みたいな、あくまで拳闘を主体とした帝国式軍隊格闘術の使い手にとっては、使える技が制限され、この大会では不利……って、あれ？　うん？

つまり駄目なのでは？」

するとイヴはクールな表情を崩さぬまま、ぶるぶる震えながら言った。

「買い戻せないかしら？　この券」

「駄目に決まってますって⁉」

頭を抱えたシスティーナの叫びが、観客席に響き渡るのであった。


そして——

観客の熱狂ボルテージが高まりつつある中、フィールドの真ん中に敷設《ふせつ》された四角いリング上で、ついに拳闘試合が始まった。

ランダムトーナメント方式で、最後まで勝ち残った者が優勝というシンプルなルールである。

リング上で様々な選手達が様々な闘劇を繰り広げる中、ついにグレンの出番がやって来る——


「よっしゃ、やってやらぁ！」

歓声の中、両手にグローブを嵌《は》め、上半身裸のボクシングトランクス姿になったグレンが、リングロープを摑《つか》んで飛び越え、ヤケクソのようにリングに上がった。

「どんな強敵が来ようが、俺は負けねぇ！　負けられねぇ！　今月超ピンチなんじゃあああああ——ッ！」

最高に格好悪い気迫と共に、グレンが拳を構えて前を見据えると、そこには──

「ふぅーははははははは──っ！　グレン先生ではないかっ⁉」

見知った顔があった。アルザーノ帝国魔術学院魔導工学教授──オーウェル＝シュウザーであった。

「えええええええ⁉　なんで、シュウザー教授が⁉」

「意外だね……」

観客席のシスティーナやルミアも、驚きに目を瞬《しばたた》かせている。

「って、てめぇ、オーウェル⁉　なぁんでお前がここに⁉　お前、こういうキャラじゃねーだろ⁉」

そう、オーウェルは根っからの研究者タイプで、明らかにこういった体育会系競技には向いてない。

実際、オーウェルも上半身裸のボクシングトランクス姿だが、痩肉《やせじし》ながら骨太、無駄のない筋肉で引き締まっているグレンの身体《からだ》とは異なり、オーウェルは、ただ単純に痩せてガリガリなだけである。

正直、一発、軽く小突いただけでも倒せそうだった。

「まぁ、一戦目を楽に突破できそうだから、俺は別にいいんだけどよ」

「ふっ……あまり、私を舐《な》めない方が良いぞ、グレン先生」

ばばっ！　といつものように身体を奇妙に捻《ひね》ったポーズを取る。

「格闘技で人を打倒する手段は、筋力や体力に非《あら》ずッ！　理論に裏打ちされた技術なのだッ！　私は夜も寝ないで昼寝して、ついに開発計算してしまったのだよッ！　最強の拳闘術をなぁぁあああああああ――ッ！」

「な、何ぃ⁉　最強の拳闘術だとぉおおおおおお――ッ⁉」

「宣言しよう！　私の振るう拳闘は、先生が振るう古臭い拳闘とは技術レベルの次元が違う！　向こう百年を先取りした、より高度に洗練完成された至高の拳闘なのだッ！　最初から先生に勝ち目はないのだよッ！　ふぅうううはははははは――ッ！」

「……拙《まず》いわね」

そんなリングの様子を見ながらイヴが呟いた。

「実際、格闘技というのは長年の研究と研鑽《けんさん》、経験で培《つちか》われた人間工学の粋よ。百年前の拳闘が、技術的に現代拳闘にまったく通じないのと同じように……百年先の拳闘術を使われたら、グレンに勝ち目はないわ」

「で、でも……百年先の拳闘を先取りするなんて、そんなことができるんですか⁉」

「わからない。でも、シュウザー教授は変態だけど、本物の天才よ。変態だけど。その変た……天才の彼が、こんな大舞台で、ああまで自信満々に豪語しているのなら……あり得るわ」

「そ、そんな……ま、拙いわ……（私の今月分のお小遣いが）」

「ええ、拙いわね（私の全財産が）」

「そうですね、このままじゃ……（先生が）」

「ん。ピンチ（グレンが）」

システィーナ、イヴ、ルミア、リィエルが息を呑《の》んで見守る中、リング上で試合開始のゴングが鳴り響くのであった──


──。


百年先の拳闘術。

それは言葉に違《たが》わなかった。格闘の道に少しでも明るければ、その技と理論の凄《すさ》まじさは一目瞭然だ。

オーウェルは、人間工学に基づいた見たこともない防御法でグレンの拳打をかわし、恐ろしく洗練された拳打をグレンに次々叩《たた》き込む。

その場の拳闘家の誰もが、オーウェルの技に瞠目《どうもく》し、彼の弟子になりたい、教えを乞いたいと思ったことだろう。

あのイヴですら、オーウェルを帝国軍の格闘術教官に推薦したいと思ったほどだ。

ただ、オーウェルの唯一計算違いなことは――


「ぐわぁああああああ――ッ！」

オーウェルが顔面にグレンのパンチを貰《もら》って、ゴロゴロ転がっていく。

「な、なぜだ……なぜ勝てない⁉　なぜ、倒せない⁉　まさか計算が間違っていたのか⁉」

「いや、間違ってないぞ。実際、お前の拳闘はスゲえ。技術だけなら、今大会ぶっちぎりトップだと思う」

グレンがため息を吐《つ》く。

「ただなぁ……お前があまりにもヒョロガリ過ぎてなぁ……人体の急所にパンチもらって

やだし」

も、ちぃ～っとも効かないんだよなぁ。それに、お前、もう息が上がって、技めちゃくちゃだし」

格闘技における最低限の筋力や体力の重要性を、改めて再認識するグレンであった。

「あー、降参しねえ？　いくらお前には常日頃とんでもねえ目に遭わされているとはいえ……一方的なリンチはちょっとなぁ」

「ふっ！　心配御無用だ、先生！　そろそろだからな！」

「ん？　そろそろ？」

グレンが小首を傾《かし》げると。

どくん……オーウェルの身体から、不穏な鼓動音が上がった。

「来た……キタキタキタァァアア!?」

「え？　何が起きるの？」

「先生、実はわかっていたのだよ……この私が勝利を摑むために必要な筋力と体力……それが、後わずか99％ほど足りていないことに……ッ！」

「それ、全然足りてないよね？　なんで出場しようと思ったの？」

「だが、足りないなら補えばいい……それだけの話……ッ！」

オーウェルがそう話していると。

めきっ！　びきびきっ！　びきっ！

突然、オーウェルの身体が……どんどん脹《ふく》れあがり始めた。

まるで巌《いわお》のような筋肉が全身モリモリと隆起し、手足が丸太のように太くなり、腹筋がバキバキと六つに割れ、肩がパツンパツンに盛り上がり……オーウェルがまるで別人のように巨大化していく。

「なぁ……バカな……」

グレンはそんなオーウェルの姿をぽかんと見上げるしかない。

やがて、巨人のようになったオーウェルがグレンを見下ろし、フシュウウウと息を吐きながら、まるで狂戦士のように笑った。

「信じられない、という顔をしているなぁ？　そうだ。これが……百年後のドーピングだ」

「ど、ドーピングだとぉ……ッ!?」

「さぁ、第2ラウンドの開始だ、グレン先生ぃいいいいい──ッ！」

オーウェル＝シュウザー、薬物使用のため失格。一回戦敗退。

ちなみに彼が研究開発した百年先の拳闘術は、薬物使用のショックですっかり忘れてしまったという。

――――。

と、一戦目に運悪く変態と当たったとはいえ、続く二戦目、三戦目とグレンの試合は順調に進んでいった。

カンカンカンカン！

『勝者！　グレン＝レーダスッ！　第3ラウンドKO勝ちぃ！』

試合終了のゴングと共に、宣言されるレフェリーの判定と、上がる観客の大歓声。

「っしぁっ！　やったぜ！」

リング上のグレンが、ガッツポーズで観客達の声援に応える。

「やったぁ！　イヴさん！　勝ちました！　先生勝ちましたよ⁉」

「ええ、そうね！　良かった、本当に……ッ！　もう駄目かと……ッ！」

「そうですね……今回も先生が勝ってくれて……本当に良かった！」

四戦目——高名なプロ拳闘家との熱闘の末、見事カウンターで奇跡の逆転勝利を決めたグレンに、イヴとシスティーナが涙ぐんでいた。

「ふふっ、イヴさんとシスティったら、先生のこと、すごく応援してる……二人とも、普段は先生といがみ合うことも多いけど、やっぱり本当は……」

そんな二人を、ルミアは温かく見守って。

「ん。でも……何か違う気がする……わたしにはよくわからないけど」

リィエルは半眼で、ぼそりとそう呟《つぶや》くのであった。

そんなこんなで、強敵達を次々と撃破し、グレンは勝ち上がっていく。

途中、何度も危ない場面がありつつも、粘り強く勝ちを拾っていく。

大穴のグレンの快進撃に、次第に沸き立ち始める観客達。

そして、そんなグレンの前に壁として立ちはだかるのは、やはり——

カンカンカンカン！

「「「わぁあああああああああああああああああ——ッ！」」」

『強いぃいいい！　オスカー＝ボックス、圧倒的だぁあああ！　帝国拳闘連盟会不動の王者ランディ＝ケールをわずか1ラウンドで一蹴ぅううううっ！　何者だ、この少年っ！』

クールに腕を掲げるオスカーに、大歓声が浴びせられる。

拳闘界の若き英雄の誕生に、もう観客達は大興奮状態だった。

一旦、システィーナ達と合流し、観客席でオスカーの試合を見物していたグレンも唸《うな》るしかない。

「マジで強《つえ》ぇな、あいつ。本物だ。数年後には、間違いなく帝国拳闘界の頂点に立ってる逸材だ」

「そうなんですか？　先生」

「ああ」

ルミアの問いにグレンが頷《うなず》いた。

「それにオスカーの拳闘は、ただ強いだけじゃねえ。華があるんだ。闘争心剝《む》き出しで荒々しくも、拳の軌跡はどこまでも華麗で美しい。見る者の心を自然と奪い、燃え上がらせる。見ろよ……この観客達の盛り上がりよう」

グレンが周囲でオスカー・コールを上げる観客達を見回し、苦笑する。

「なぁ、ルミア。ちょっと、身の程知らずなこと言っていいか？」

「なんですか？　先生」

「俺……あいつに勝ちてえ」

珍しくグレンが真摯な表情で、リング上のオスカーを眩《まぶ》しげに見つめながら語り始める。

「最初は、本当に賞金目当ての参加だった。だが……あいつの拳闘を見ているうちに気が変わった。

思い出したんだ……ガキの頃、無我夢中でサンドバッグを叩いていた日々を。あいつの拳が、それを俺に思い出させてくれた。俺にも、あいつみたいにあんな熱い時期があったんだ」

「先生……」

「凡人の俺の拳が、あの天才様の拳にどれだけ通用するか……一拳闘家として試してみたくなった。……な？　身の程知らずだろ？」

すると。

「そんなことありませんよ」

ルミアがグレンの手を取って、穏やかに微笑《ほほえ》んだ。

「あの人の拳に力があるように……先生の拳にも力があります。だって、強敵相手に一歩も引かず、真っ向から打ち合う先生の姿に……私の胸はずっと高鳴りっぱなしなんですよ？」

「ん。今のグレン、すごく格好いい」

「る、ルミア……リィエルまで」

教え子達の意外な反応に、グレンが戸惑う。

「このままいけば、オスカーさんとは決勝戦でぶつかりますよね？　先生、どうか頑張ってください。私は……先生の勝利を信じていますから」

「ん！　わたしもグレンが勝つって信じる！」

すると、システィーナやイヴまでグレンに言った。

「え、ええ！　わ、私も先生の勝利を信じているわっ！」

「そ、そうね……貴方《あなた》ならきっとやれるわ、グレン。だって……貴方は私の自慢の部下だもの」

「白猫……イヴまで……ッ⁉」

思わぬ二人の激励に、グレンは少し感極まって涙ぐむ。

「よし……あんがとな、お前ら。俺、やるわ！　ちょっとビビってたけどよ……勝ってみせるぜ！」

「そ、その意気よ、先生！」

「そうよ、グレン！」

頷くシスティーナとイヴ。

そして、グレンが立ち上がり、拳と拳を合わせ、気合いを入れる。

「へっ！　天才がなんだ、凡人を舐《な》めるんじゃねえ！　やってやらぁ、俺の全身全霊をぶつけてやるぜ！　負けても悔いなしだ——」

と、グレンが悟りを開いた求道者のような境地で、そう言うと。

「いや、そこは勝ちましょうよ!?」

「そうよ、勝ちなさいっ！」

突然、システィーナとイヴがもの凄《すご》い形相でグレンへ詰め寄った。

「どんなに良い試合でも、勝たなきゃゴミですよ!?」

「しょせん、世の中オール・オア・ナッシングよ!?　わかってるの!?　グレン！」

「なんで、お前らがそんなに必死なの!?」

わけがわからないグレンは、二人の突然の豹変《ひょうへん》ぶりに、目を白黒させるしかないのであった。

――そして。

何度も危ない場面を乗り越えて、グレンは勝ち進んでいって。

対するオスカーも、当然のように勝利を積み重ねていって――


ついに決勝戦。

観客席のボルテージが最高潮となる中、リングに上がったのは――

「ま、当然、お前が来るよな」

青コーナー。ボクシンググローブの紐《ひも》の端を口に咥《くわ》えて、手際《てぎわ》良く締め直しているグレンと。

「……やっぱりアンタか」

赤コーナー。まるで修験者《しゅげんじゃ》のように静かに佇《たたず》むオスカー。

今、互いの視線がぶつかり合い、熱く火花を散らしていた。

「へっ、胸貸してもらうぜ？　天才」

グレンが挑発するように言うと。

「ふん、どうだかな」

すると、意外にもオスカーが口元に微《かす》かな笑みを浮かべていた。

「実はアンタの試合、全部見ていた」

「！」

「金目当ての男じゃなかったな。アンタこそ本物の拳闘家じゃないか」

オスカーが深い目で真《ま》っ直《す》ぐグレンを見据える。

「確かに、アンタの拳闘センス……悪くないが、俺から見れば凡人だ。

だが、アンタの拳には、直向《ひたむ》きに研鑽《けんさん》を重ねた〝歴史〟と、何らかの修羅場で鍛え抜いた〝経験〟がある。それは……今の俺にはないものだ」

「なっ……」

「案外、胸を借りることになるのは俺の方かもしれない」

予想外のオスカーの言葉に、グレンが何と返そうか逡巡《しゅんじゅん》していると。

「「「あんちゃ——んっ！」」」

不意に、リングサイドから複数の声が聞こえた。

見れば、幼い子供達がリングサイドにかじり付いて、オスカーを見守っている。

「あんちゃん、勝ってくれえ！」

「病気の母ちゃんに、薬と美味《うま》いもん食わせてやろうぜっ！」

「あんちゃんなら絶対、勝てる！　俺達のあんちゃんは最強なんだっ！」

必死にオスカーへ声援を送る子供達の衣服は、どれもみすぼらしい。

グレンが、なんとなくオスカーの生い立ちや背景を悟っていると。

「……失望したか？」

オスカーが自虐のように言った。

「最初、アンタに散々偉そうに言っておいて、実際はこの俺こそが金目当て……この様だ。笑いたきゃ笑え」

「バカ。笑うかよ」

即座にグレンにそう返され、オスカーが微かに目を見開く。

「自分以外の誰かのために振るう拳に貴賤《きせん》なんてあるか。恥じることなんかねえ。もっと堂々とすりゃいい」

すると、しばらくオスカーは、そんなグレンの言葉を反芻《はんすう》するように目を閉じ、言った。

「アンタ……まるで教師みたいだな」

「教師だしな。それに……」

グレンが、ニヤリと獰猛《どうもう》に笑ってゆっくりと拳を構える。

「それとこれは話が別だ。悪いが、一拳闘家として、全力でいかせてもらうぜ?」

「当然だ。俺だって、同情で手を抜かれるなんて、まっぴらご免だ」

オスカーも同じく獰猛に笑って、拳を構える。

「そもそも、俺を相手に手を抜けるなんて思うなよ?」

「……へっ。怖《こえ》ぇ怖ぇ」

二人は視線で火花を散らし合って。

激闘の予感に、観客達も固唾を呑《の》んで、それを見守って。

やがて、
カーン!

フェジテ拳闘大会決勝戦の開始ゴングが高らかに鳴って。

レフェリーの導きのもと、グレンとオスカーがグローブを、軽く合わせるのであった。


――――。


「おおおおおお――ッ!」

「ああああああああ――ッ!」

グレンとオスカーが壮絶に打ち合っていく。

互いにジャブで牽制《けんせい》し合い、刹那、ストレート、それに合わせるカウンター。

一旦、体当たりのように接近して組み合えば、抜け目なくボディを狙う。

二人がまた離れ、リングを目一杯使って、円を描くように足を使い、閃光《せんこう》のようなジャブの打ち合い。

確かに、オスカーには卓越した拳闘センスがある。間違いなく、超がつくほどの天才だ。

試合の主導権を握っているのは、常にオスカーであり、その鋭く華麗な一撃ごとに、グレンを翻弄する。

だが、グレンもグレンでオスカーにはない場数の経験値がある。

被弾ダメージを最小限に抑えつつ、粘り強く、したたかに立ち回り、不屈の闘志で反撃の機会を窺《うかが》い続ける。

「ふ――――ッ！」

「しぃ――――ッ！」

二人は無心で拳を交錯し続ける。

円が途切れぬ、激しい乱打戦だ。

「あんちゃーんっ！　頑張れーっ！」

「お願い！　勝って……ッ！　母ちゃんのためにも……ッ！」

オスカーの兄弟と思《おぼ》しき子供達も。


「先生、信じてます……私、信じていますから……」

「グレン……負けないで」

ルミアとリィエルも。


「先生、お願い……勝って！」

「グレン、貴方を信じているわ」

システィーナとイヴも。

誰もが祈るように手を組み、手に汗を握り、一心不乱にグレンとオスカーの試合を見守っている──

──のだが。

「ねぇ、イヴさん」

「何？」

「なんか……私達だけ、すっごく汚れている気がしません？」

「……言わないで」

なんとも微妙な気分の二人であった。


――――。


グレンとオスカーの試合は続く。

1ラウンド、2ラウンド、3ラウンド……ラウンド数はどんどん増えていく。

そして、試合は運命の最終ラウンドまで、もつれ込んだ。

このラウンドで決着がつかなければ、審判員による判定が行われる。

ここまでの試合運びは、どこをどう見てもオスカー優勢。

つまり、グレンが勝つには、ここでオスカーからKOを取らなければならない。

誰もが固唾を呑む中、グレンとオスカーは互いの意地と誇りをかけて、拳を繰り出し続ける――

「ぜぇ……はぁ……ったく、末恐ろしい野郎がいたもんだぜ……」

ボロボロで汗だくのグレンが、リング中央で荒い息を吐きながら拳を構えている。

「アンタもやるじゃないか、先生。正直、これまでに戦った誰よりも、アンタの方が強いぜ……」

同じく少なくないダメージを負ったオスカーも、足を使いながら息を整えている。

体力的には互いに限界が近付いている。決着の時は近い――……

きゅっ……きゅっ、きゅきゅ……

ステップごとに、リングが踏まれる音が、会場内に響き渡る。

水を打ったような緊張感と、両者裂帛《れっぱく》の気迫。

互いに一瞬の隙を窺いながら……無言で己が打倒すべき相手を見据えている。

そして、その場の誰もが、本能的に漠然と悟っていた。

次の一合で――勝負が決まると。

「…………」

「…………」

そして――その時、来たる。

「ぉおおおおおおお――ッ！」

先に仕掛けたのはグレンだ。

ほんの一瞬見えた、オスカーの構えの隙。そこを鋭く刺すように、右ストレートを繰り出す。

空気を切り裂く最高のパンチが、オスカーに向かって飛んでいく。

――が。

「はぁあああああああ――ッ！」

なんと、オスカーがそれに左カウンターを合わせてきたのだ。

「……なっ⁉」

罠《わな》だ――そう気付いた時には、もう遅い。

刹那に腕と腕が交錯し、グレンの右ストレートはオスカーの頬を掠《かす》め――オスカーの左ストレートがグレンの顎を捉える。

「――がっ⁉」

一瞬、グレンの意識が飛びかける。世界が真っ白に染まっていく。

こうなれば、後は重力に従って身体《からだ》が垂直に崩れ落ちていくのみだ。

（くそ……駄目か……やっぱ、凡人は……天才には勝てねえってか……？）

無念のまま、グレンの意識が落ちようとしていた……その時だった。

ふと、誰かの声が聞こえたのだ。

「先生、負けないでッ！」

「そうよ！　貴方《あなた》がその程度で倒れるなんて有り得ないわッ！」

「私の知ってる先生の強さは、そんなもんじゃないわ！」

「勝ちなさい、グレン！」

「「勝って！」」

そんな誰か二人の必死な叱咤《しった》が、崩れ落ちそうになるグレンの意識と背を支えた。足に最後の力を与えた。

「お、ぉ、ぉおおおおお――ッ！」

歯を食いしばり、最後の力を振り絞って一歩踏み込んで――グレンが振り回すような右フックを放つ。

「な――ッ⁉」

渾身《こんしん》の左ストレートを振り抜いた直後のオスカーは、それをかわせない。

がんっ！　と横に一回転して、そのままリング上に倒れ伏す。

上がる壮絶な大歓声。

カウントが数えられるが、オスカーが起き上がる気配はない。

ついに、今年の拳闘大会のチャンピオンが決まるのであった――

「や、やったぁ――ッ！　せっ、先生が勝った⁉　勝ってくれたわぁああああああああ
ああ――ッ！」

「ああ、良かった！　本当に良かったわ！　よく頑張ったわね、グレン……ッ！　これで
……ッ！」

「はい、本当に良かったです……これで……ッ！」

涙目になりながら抱き合って喜び合うシスティーナとイヴを前に。

「ふふっ、システィとイヴさんのあの喜びよう……よっぽど、先生のことを応援してたん
だね」

「ん。……何か違う気もするけど」

ルミアが穏やかに微笑《ほほえ》み、リィエルが半眼で呟《つぶや》くのであった。

大歓声の中、リング上でグレンが観客席に向かって拳を振り上げ、歓声に応えていると。

「……負けたよ、先生。完敗だ」

意識を取り戻したオスカーが、グレンに握手を求めてくる。

「全力で戦った。そして、負けた。悔いはない」

「ああ。俺も……お前のお陰で久々にこんなにも熱くなれた。あんがとな」

グレンがしっかりと握手を返し、頷《うなず》いた。

「そのお礼と言っちゃなんだが……」

グレンは、リングサイドで悔しげに泣いてはいるが、拍手している子供達を見ながら言った。

「優勝賞金はお前にやるよ」

「……ッ!?」

「おっと勘違いすんなよ？　同情とかじゃねーぞ？　こりゃ投資だ」

目を瞬《しばたた》かせるオスカーへ、グレンがにやりと笑う。

「プロ試験や登録、ジム契約には大金がかかる……お前が今まで無名だったのは、そのせいだろ？」

「…………」

「俺は教師だから、精々がここまでだが……お前は違うだろ？　お前がこの世界でどこまで行けるか、見たくなったんだよ。だから四の五の言わずに受け取れ」

するとしばらくの間、オスカーは無言で押し黙って。

「そういうことなら、ありがたく受け取らせてもらうよ、先生。アンタに恥じない拳闘家になってみせる。今日の一戦は……俺の一生の宝物だ」

そう薄く微笑んで、オスカーはグレンの右手を掴《つか》み、頭上高く上げるのであった。

その感動的な光景に、観客達は涙を流して大歓声を上げ、拍手を送る。スタンディングオベーションだ。

「先生……」

「グレン……格好いい」

ルミアは当然、あのリィエルすら何か感じ入るものがあったのか、薄《うっす》らと涙目だ。

そんな中――

「あの……イヴさん？」

「……何？」

「その……私達だけ……何かとてつもなく醜い人間のような気が……」

「言わないで。……お願い」

なぜかシスティーナとイヴだけが、どこか微妙な表情で、暗く沈んでいるのであった。

そして――

――後日。

アルザーノ帝国魔術学院の二年次生二組の昼休みの教室にて。

「ぐ、グレン先生《せんせ》ぇ～？　私、先生のために、先生の好物でお弁当作ってきたんだけど、食べますか？　食べますよね？」

「グレン。貴方のために、よく効く魔術薬を調合してきたわ。後で、私が法医呪文《ヒーラー・スペル》をかけてあげる」

「え、えーと……？」

あちこち腫れた顔にベタベタ膏薬《こうやく》を貼り付けたグレンに、妙に優しく甲斐甲斐《かいがい》しいシスティーナとイヴの姿があった。

「どうしたんだ？　白猫、お前、こないだまで、先生の金欠は自業自得《じごうじとく》です～って、怒ってたじゃねーか」

「あ、あはは、そ、それは……」

「イヴ。お前だって、その程度の怪我《けが》に一々《いちいち》治癒魔術使うなって、目くじら立てるタイプだったくせに」

「え？　えーと……そ、そうだったかしら？」

曖昧に笑うシスティーナとイヴ。

頭の上に、大量の？マークを躍らせるしかないグレン。

「ふふっ。きっとあの二人……先生の試合によっぽど感動したんだね」

「ん。……何か違う気もするけど」

そして、ルミアが穏やかに微笑み、リィエルが半眼で呟く。

今日もフェジテは平和であった――

Lost last word

Memory records of bastard
magic instructor

「悪《わり》ぃな……随分とまた遅くなっちまった」

ぽつり、と。

不意にそんな呟きが、グレンの口から零《こぼ》れていた。

グレンの前には、清らかな白石の小さな墓碑がある。

そして、その墓碑にはこう刻まれていた。


〝比類なき風にて優しき風、セラ＝シルヴァース、ここに眠る〟——と。


グレンが今いるここは、アルザーノ帝国が首都、帝都オルランド——その郊外にあるアーレストン英霊墓地。

帝国の国民的英雄や政治家、あるいは国のために戦死した軍人達が、丁重に葬《ほうむ》られて眠りについている帝立墓地である。

墓地敷地《しきち》内は、手入れの行き届いた豊かな自然に恵まれており、常に清澄《せいちょう》な空気で満たされている。

そして、降り注ぐ暖かな陽光が、等間隔に延々と並ぶ墓標達を照らしている。

見上げれば、抜けるような青い空、ゆっくりと流れる白い雲。

耳を澄ませば、小鳥の囀《さえず》り。虫の声。

時折、囁《ささや》くように吹き流れる心地よい風が、木々の梢《こずえ》を鳴らし、頬を撫《な》でる。

まるで外界から切り離されたかのような、緩やかな時間がそこには流れていた。

「お前が死んで、もうすぐ二年か。結局、墓参りに来たのはこれが初めてだな……我ながらなんとも薄情なこった」

グレンは身を屈《かが》め、セラの墓へ持参した花束を捧《ささ》げた。

彼女が好きだった、サンダーソニアの花だ。

金色の鐘のような可愛《かわい》らしい花弁が、陽光に照らされる白い墓石によく映える。

献花すると、グレンはそっと立ち上がり、墓を見つめた。

「ま、今さら、どのツラ下げて来やがったって話だよな……お前すら守ってやることができなかった俺がよ」

いや、むしろ、資格がなかったから来なかった……どころの話ではない。

その本質は、もっともっと卑怯《ひきょう》でみっともなく、情けない理由だ。

グレンは……逃げていたのだ。

ずっと、ずっと、セラの死から逃げ続けていた。

セラの死を直視したくなかった。

セラの墓にやってくれば、どうしたってセラの死と向き合わされ、自分が彼女を守れなかったという事実を突きつけられる。

彼女がもうこの世にいないことを、どうしようもなく思い知らされる。

そして、あの日の記憶が、脳裏に鮮やかに蘇《よみがえ》る。

そう、忘れたくても忘れられない、忌々《いまいま》しくも哀《かな》しき記憶。

セラを喪《うしな》った、あの日の記憶が――


「セラ……俺は……」

〜〜〜。


――それは、今から二年ほど前の話。

帝国宮廷魔導士団特務分室執行官ナンバー０《愚者》としてのグレンの、最後の戦いの物語である――

「ねぇ、グレン君……元気出してよ」

「…………」

そこは、帝国宮廷魔導士団本部《業魔《ごうま》の塔》敷地内にある魔導士兵舎。

そこに与えられた自室内で、グレンはベッドに腰掛け、頭を抱えて蹲《うずくま》っていた……何かに耐えるかのように、何かに怯《おび》えるかのように。

先の任務で酷《ひど》く負傷したらしく、グレンの頭や手足には痛々しいほどに包帯が巻かれており、まだ取れていない。

そんなグレンの隣に、一人の娘がそっと控えめに腰掛けている。

白磁の肌、絹糸のような白髪、琥珀《こはく》色の瞳。精緻に整った顔立ちも、艶《あで》やかな曲線を描く肢体も、すらりと伸びる手足も、何もかもが夢か奇跡のように美しい。

そんな美の精霊のような身体《からだ》に、無骨な特務分室の魔導士礼服を纏《まと》い、頬や腕に南原の民族紋様を顔料で入れた娘の名は――セラ゠シルヴァース。

帝国宮廷魔導士団特務分室執行官ナンバー３《女帝》のセラだ。

「グレン君は凄《すご》く頑張ったよ……あんなギリギリの状況で、本当に頑張った……だから……仕方なかったんだよ……」

「…………」

しばらくの間、グレンの反応はなかったが。

「一人も助けてやれなかった……」

やがて、呻《うめ》くように、吐き出すように、そんなことを呟《つぶや》いた。

「今回はいつもと違う。イヴのやつは戦果のために人質を切り捨てようとはせず、最初から救う方向性で作戦を組んでいたし、それに足る充分な準備があった。

お前やアルベルト、爺《じじい》、クリストフにリィエル……充分過ぎる戦力があった。

実際、イヴのやつが指揮する作戦は、終始何もかも順調で完璧だった。

なのに——救えなかった。一手足りなかった。俺が弱かった、から、だ」

「魔術戦には相性があるよ。今回、グレン君が担当した敵は……グレン君にとって相性最悪だった。皆、感心してたよ……あの状況でよく生き残ったって」

セラがぎゅっとベッドのシーツを摑む。

「それにね、私……貴方《あなた》が生還してくれて、本当に……」

「それでも大した相手じゃなかった！」

セラの言葉を遮るように、グレンがベッドを拳で叩《たた》く。

「お前やアルベルトなら楽勝なやつだった！　せめて俺が人並みの魔導士だったら、普通に勝ってた！　余裕だった！

なのに無様を晒《さら》した！　突破できず、尻尾を巻いて逃げ回るしかなかった！　お陰で全ての作戦が狂って……くそ……畜生……ッ！」

「……グレン君のせいじゃないよ……敵戦力の誤情報を摑《つか》んだ情報部の……」

そう言いかけて、セラは言葉を噤《つぐ》んでしまう。

言って意味のない事だからだ……少なくとも今のグレンにとっては。

「…………」

「…………」

しばらくの間、二人の間に重苦しい沈黙が流れる。

ほんの少し手を伸ばせば、互いに触れ合える距離なのに、その僅かな隙間が無限の距離のようだった。

やがて。

グレンは絞り出すように、苦しげに言った。

「セラ。悪ぃ。俺……もう無理だ。執行官……辞めるわ」

「……！」

セラは一瞬、驚いたように眼《め》を微《かす》かに見開き、すぐに納得したように眼を伏せる。

何も言えなかったのは……グレンの横顔と声色から、そこはかとない本気と限界を、誰よりも感じ取っていたからだ。

特務分室はとにかく人手不足だ。回される任務の高度さ・危険度から、人員損耗率が極めて高く、最大22人の席には常に空席が存在する。

そんな状況で自主退役する……それは仲間を見捨て、敵前逃亡する行為に等しい。

グレンがいなくなれば、特務分室全体の戦力が下がり、必定、残された室員達の戦死率は上がることになる。

臆病者と。卑怯者と。裏切り者と。どう罵られてもグレンは何も言えない。

だが――

「そっかぁ……」

セラは、そんなグレンを怒るでも罵るでもなく、ただ哀しげに……寂しげに天井を見上げていた。

「いつか……そんな時が来るって思ってたけど……寂しく……なるなぁ……」

「…………」

「私にとって、グレン君はね……同志だったの。ほら……私も分不相応な夢を見ちゃってるタイプだから……」

「…………」

「グレン君が、ボロボロになりながら〝正義の魔法使い〟を……夢を諦めずに頑張ってるから……私も頑張れた……いつか故郷に……アルディアに帰るって……

あはは、そんなのもう絶対無理だって……私だって、心の奥底で痛いほどわかっているのに……一緒に帰る仲間や家族も……もうとっくに……いないのに……」

「…………」

「ねぇ、グレン君。私は……グレン君の意志と決断を尊重するよ。その上で……グレン君にどうしても伝えておきたい言葉があるの。……いいかな？」

すると、グレンの視線が微かに動き、セラをちらりと見る。

セラはそんなグレンを見つめ返し、やがて、穏やかに微笑《ほほえ》みながら口を開いた。

「グレン君……どうか……」

と、セラが何か言いかけた……その時だった。

ばぁん！

突然、部屋の扉が激しく開かれ、魔導士礼服を纏った男が姿を現す。

長髪、その鷹《たか》のように鋭い双眸《そうぼう》――帝国宮廷魔導士団特務分室執行官ナンバー17《星》のアルベルト＝フレイザーだ。

アルベルトは室内の陰鬱な空気などまったく読まず、いつも通り淡々と必要なことだけを告げる。

「緊急招集だ。すぐに出撃準備しろ」

「き、緊急招集……？　このタイミングで……？」

「まさか……」

「そのまさかだ。J案件。国務大臣バイザード卿《きょう》が先刻、やつに殺された」

「……ッ!?」

「な……ッ！」

アルベルトが告げた言葉に。

セラとグレンの顔に、一気に緊迫した表情が走るのであった。

――。

J案件。

それは、今でも帝国史に鮮烈に刻まれる、とある一連の事件の忌《い》まわしき記録だ。

その事の発端となったのは、今から約一ヶ月ほど前に行われた『封印の地』の第三百十二回定期調査任務であった。

『封印の地』とは、アルザーノ帝国内に無数に存在する古代遺跡の一つであり、その遺跡機能を利用して作られた、帝国重要施設の一つだ。

その遺跡機能とは『物体を時間ごと凍結し、永久保存する』。

なぜ、その遺跡がそんな機能を持っているのかはわからないが……それゆえに、そこには様々なものが封印されていた。

帝国有史以来、国家や世界構造を揺るがしかねない極秘情報、禁忌の秘術について記された魔導書、禁断の魔導器や魔術道具。

さらには、唯一無二の神秘を持つがゆえに処することもできず、ただ封印するしかない外道魔術師や異能者、人の手に負えない強大な魔獣や幻獣まで。

今や『封印の地』は、人が決して触れてはならない様々な禁忌が詰め込まれた、闇と混《こん》沌《とん》の掃き溜《だ》めのような場所だ。

無論、定期的に遺跡機能の中枢たる玄室《げんしつ》の保守作業は必要だし、古代の超魔法文明を研究するための遺跡としても非常に価値が高い。

また、その迷宮のような遺跡内は何らかの魔術によって空間が歪《ゆが》んでおり、無限にも等しい部屋と区画があるため、その完全なマッピングは未《いま》だ完成していない。

あまつさえ、遺跡内部は未だ増殖を続け、拡張し続けているという学説も存在する。

そのため、定期的に調査隊が組まれ、『封印の地』内へ調査派遣されることが、慣例となっている。

問題となった第三百十二回定期調査隊には、調査員として、帝国内の各高等魔導研究所から選《え》りすぐりの魔導考古学研究者達が集められた（ちなみに余談だが、この時、アルザーノ帝国魔術学院からも、とある一人の魔導考古学教授が調査員に名乗りを上げたが、その人物の平時のあまりもの素行の悪さと支離滅裂過ぎる言動、ぶっ飛んだ内容の発表論文の数々が問題視され、あえなく却下されたらしい）。

そして、そんな危険な遺跡探索の護衛として、帝国軍からやはり選りすぐりの魔導士達が同行派遣された。

その護衛魔導士達の中に——その人物の名はあった。

帝国宮廷魔導士団特務分室執行官ナンバー11《正義》のジャティス＝ロウファン。

こうして、最高の人材が投入され、満を持して行われた、第三百十二回『封印の地』調査任務だったが。

結果として、帝国史上類を見ない大失敗に終わる。

全滅。成果は０。

あの調査で、あの遺跡で、あの時、一体、何が起きたのか……今となっては誰もわからない。

ただ、調査に参加したほぼ全員が、描写するのも悍《おぞ》ましい姿で発見された。

原型を留《とど》めていなかったり、ゲル状になっていたり、異形化していたり、掌《てのひら》サイズの干物になっていたり、老衰死してたり、粉々になっていたり、塩の塊になっていたり……

一体、どうやって殺したらそういう死体になるのか？　後日派遣された真相究明班は吐き気を堪《こら》えながら、雁首《がんくび》揃《そろ》えて首を捻《ひね》るしかなかったという。

ただ、唯一わかったことは——特務分室から派遣された執行官、ジャティス＝ロウファンの死体だけは見つからず、行方不明だということ。

一体、彼はどこへ消えたのか？　一体、調査中に何を見たのか？

だが、そんな疑問は、すぐにどうでも良くなる。

ジャティスは、人々のそんな疑問をあざ笑うかのように、あっさりと戻ってきたのだ
……それも最悪の形で。

ジャティスは、帝国政府上層部要人達を、次々と暗殺し始めたのである。

理由・動機はまったく不明。

主張はない。要求もない。犯行声明もまったくない。

ただただ、情け容赦なく、次々と、政府要人達を自宅で、公衆の面前で、出張先で、殺して殺して殺しまくった。

一時、帝国政府は大混乱と大恐慌《だいきょうこう》に陥り、機能不全となる。

帝国軍もジャティスの要人暗殺対策に、魔導兵団、帝国宮廷魔導士団、さらには特務分室さえも動かす。

だが——それすらあざ笑うかのように。

ジャティスは……殺した。殺し続けた。

執行官ナンバー2《女教皇》のシェラザード=ルナン。

執行官ナンバー4《皇帝》のカイゼル=キルーム。

執行官ナンバー6《恋人》のアイラ=トランドナ。

この一連の暗殺騒動で、特務分室の一騎当千の凄腕《すごうで》達が次々返り討ちに遭い、呆気《あっけ》なく殺された。

結局、ジャティスの標的となり、生き延びた政府要人はただの一人もいなかった。

そして──ついに帝国円卓会の一人にて国務大臣、ミカエル＝バイザードまでもが、帝国軍総力と威信をかけた厳戒警備態勢の中、あっさりジャティスに暗殺された。

それを切っ掛けに、ついに『円卓会』まで動くことになる。

『円卓会』とは、アルザーノ帝国の最高決定機関。

そのメンバーは、誰もが帝国を根本から支える、軍・政財界の重要人物。

平時は指一本で帝国を動かせる雲の上の存在達が、たった一人の男を始末するためだけに、泡を食って雁首を揃える羽目になったのである。

そして、この時は……まだ誰も知らない。

このJ案件は、ただの序曲に過ぎなかったことを。

さらなる国難が、この先に待ち受けていたということを──

──。

その日、帝都のフェルドラド宮殿内に存在する円卓会議室は、最早《もはや》、女王アリシア七世の威光をもってしても、収集がつかないほどに紛糾していた。

「一体、誰がどう責任を取るつもりなのかねっ⁉」

「軍だ！　軍の失態だろう、これは⁉」

「件《くだん》のジャティス某《なにがし》とは、特務分室の裏切り者なのだろう⁉」

「心外だな！　貴殿ら素人《しろうと》が横から余計な口を挟まねば、ジャティスなどという小物、とうに始末できていたのだよ！」

「そもそも、《正義》のジャティス＝ロウファンは、その平時の素行問題から、最初の暗殺事件発生当時、すでにイグナイト卿の手で特務分室から除籍されていたのだ！」

「筋違いな非難は、控えて頂こうか！　ファウゼン卿！」

「白々しい……ッ！　イグナイト卿の走狗《そうく》どもめ……ッ！」

「責任回避のため、慌てて除籍していたということに捏造《ねつぞう》したくせに……ッ！」

「本日、イグナイト卿が欠席なのは、責任追及から逃れるためではないのか⁉」

「双方お黙りなさい！　今は責任の所在を問うている場合ではございませんわ！　わかっていますの⁉　早く対策を立てないと、明日は我が身なのですよ⁉」

「然《しか》り！　エリミエール卿の仰《おっしゃ》る通りッ！　あれだけ厳戒態勢だったバイザード卿まで、

簡単に暗殺されたのですぞ⁉」

「くっ！　そもそも、貴公ら文治派が妙な意地と縄張り意識を発揮しなければ……ッ！」

「この混乱に乗じて、貴様ら武断派が己が利権を拡張しようとするからだ！」

「なっ⁉　聞き捨てなりませんなッ！　我々はあくまで帝国のために――ッ！」

最早、建設的な議論など、できようはずもなかった。

「くっ……円卓会ともあろう者達が、なんという痴態を……ッ！」

円卓古参のグラッツ＝ル＝エドワルド侯爵も嘆かわしさに拳を震わせて。

「ははは。参ったね、こりゃ……烏合《うごう》の衆たぁこのことだわ」

円卓随一の曲者《くせもの》、エイブラム＝ルチアーノ騎士爵も、今回ばかりはお手上げとばかりに肩を竦《すく》めるしかない。

そして、円卓会のトップ――女王アリシア七世も、一体、この事態をどう収集したら良いのかまるで見当がつかず、目元を手で押さえ、ため息ばかりを吐《つ》いていた。

「ジャティス……貴方《あなた》……一体、どうして……？」

そんな女王の嘆きは、円卓会に渦を巻く混乱と狂騒の中に、当然のように呑《の》み込まれ、消えていくのであった。

一方、その頃——

臨時の円卓会が行われているフェルドラド宮殿周辺で、グレンとセラは、イヴの指揮に従って警備任務に就いていた。

二人の配備場所は宮殿正門前広場。普段はアルザーノ帝国初代国王タイタス一世像が中心に聳《そび》え立つ市民の憩いの場だが、今は物々しい雰囲気に包まれている。

時分は、陽《ひ》が傾きつつある昼下がり。

まるで世界の終わりに向かうように、黄昏《たそがれ》へ向かいつつあった。

「よぉ、グレン！　セラ！　こっち異常ねーか？」

「……ああ、まあな」

「そうか！　じゃあ、こっちは任せたぜ！　俺は別のとこ見てくるからよ！」

同じく警備任務に参加している帝国宮廷魔導士団第一室室長クロウ＝オーガムを、一言二言かわして見送り、グレンはため息を吐いた。

周囲を見渡せば、グレン達の他にも、帝国宮廷魔導士団や魔導兵団の凄腕達が、緊張した面持ちで警備に立っている。

なにせ、普段は決して一堂には集まらない軍や政財界の重鎮達が、今、このフェルドラド宮殿に集っているのだ。

その警備ともなれば、否応《いやおう》なく神経は尖《とが》り、顔は強《こわ》ばるというものだ。

「今頃、円卓会はどうなってるのかなぁ?」

「さぁ? まぁ……滅茶苦茶《めちゃくちゃ》になってんじゃね? さすがに」

セラの不安げな問いに、グレンが気怠《けだる》げに応えた。

「ねぇ、グレン君聞いた? 私達が遠征に出ている間に……」

「ああ、さっきアルベルトから聞いた。……特務分室の連中が三人やられたらしいな」

グレンが苦々しく表情を歪める。

「《女教皇》のシェラザード、《皇帝》のカイゼル、《恋人》のアイラ……正直、冗談だろって思う……あいつらほどの者がやられるなんて」

同じ特務分室に勤める同僚として、グレンは彼ら三人とそれなりに交流があったし、任務を共にしたこともあった。彼らの魔導士としての凄《すさ》まじい力もよく知っている。

それだけに、グレンには実感がまったく湧かなかった……彼らがすでに故人で、もう二度と会えないという現実に。

「信じられねえよ。ジャティスの野郎は、正真正銘の化け物だ」

「本当だよね……たった一人のために『円卓会』が動くなんて前代未聞《ぜんだいみもん》だよね」

「ああ。後にも先にも、あいつだけだろうな」

そんなことを深刻そうに嘯《うそぶ》くが、今のグレンにはほとんど他人事《ひとごと》だった。

もう、どうでもよかったのだ。

どうせ、自分は軍を辞める。辞表を提出するタイミングがなかったから、渋々この任務にも参加しているが、やる気は恐ろしくない。

この国の行く末なんて……今は自分でも驚くほど興味がない。

それほど心が疲れ切っていた。

だが——……

「グレン君。これ以上、帝国政府の上層部が殺されちゃったら、国家運営が成り立たなくなっちゃう。本当に帝国が崩壊しちゃうよ。

そうなる前に……絶対、ジャティス君を止めよう？　ね？」

セラはどこまでも使命感に燃えた目で、グレンの横顔を真《ま》っ直《す》ぐ見つめてくる。

そんなセラの目が眩《まぶ》しくて、居たたまれなくて。

そして——どこか嫉妬のような苛立《いらだ》ちすら覚えて。

「別に、どうでもよくね？」

グレンは、セラの目から逃げるようにそっぽを向きながら、そんなことを吐き捨ててしまう。

「グレン君？」

「言ったよな？　俺、もう軍辞めるって。そんな風に熱血ぶられても迷惑なんだが？」

「……っ！」

一瞬、セラは驚いたように目を見開いて、やがて哀《かな》しげに目を伏せる。

「そ、そうだよね……ごめん……」

だが、そんな風に哀しげに謝るセラの姿に、グレンはさらなる苛立ちを覚える。

セラに失望された——その事実を紛らわすかのようにまくし立てる。

「大体さぁ、お前もこの国のことで、そんなマジになる必要あんのか？」

「！」

「だって、望むところだろ？　お前の一族……シルヴァースと旧《ふる》き盟約をかわしておきながら、肝心なところで見捨てた、薄情国家の危機なんだぜ？

未《いま》だ契約を何一つ履行しようとしねえ、嘘吐《うそつ》き国家なんだぜ？

なのに、その契約を盾に、一方的に利用されまくってるのが、誇り高き南原の一族シルヴァース最後の姫君……お前だ」

かつて、セラの故郷——南原のアルディアは、隣国のレザリア王国の宗教浄化政策によって攻め滅ぼされた。

その時、アルザーノ帝国は旧き盟約によって、セラの一族シルヴァースと同盟・協力関係にあったのだが、政治的・戦略的諸事情により、助けることができなかった。

そして、帝国と王国、彼我《ひが》の戦力差や国際的政治状況により、セラの故郷アルディアには、今もまったく手出しできない状況が続いている。

だが、セラは、いつかアルザーノ帝国が故郷を取り戻してくれることを信じて……今は亡《な》き王族の血を引く姫君の身でありながら、帝国にその身を捧《ささ》げている。

それが、最早、未来永劫《みらいえいごう》、決して叶《かな》わぬ夢であろうことを知りながら――

「はっ！　いい気味だろ？　この国が転《こ》けようが滅ぼうが、お前にとっちゃ……」

グレンが皮肉げに口の端をつり上げ、小馬鹿にしたように肩を竦めてみせるが。

不意に、セラが、すっとグレンの正面に回り込んできて。


ぱちん！


そのたおやかな両手で、グレンの顔を勢い良く挟む。

頬の痛みは殆《ほとん》どないが、セラの突然の行動に、グレンが目を白黒させていると。

「めっ！　心にもないこと言っちゃいけません」

セラがほんの少しだけ怒ったように言った。

まるで姉が聞き分けのない弟を叱るような叱責だった。

「セ、セラ……？」

「グレン君はね、きっとお腹《なか》が減って、疲れているだけだよ。後で私がご飯作ってあげるから、それ食べてぐっすり寝るといいよ。ね？」

「か、関係ねえよ！」

グレンはセラの手を乱暴に振りほどき、吠《ほ》えた。

「飯喰って寝たところで、俺は軍を辞める！　止めたって無駄──」

だが。

「止めないよ、別に」

「!?」

「むしろ、グレン君が本当にそうしたいなら……私は応援する」

セラの意外な先回りに、グレンは言葉に詰まってしまう。

すると、セラは手を後ろで組み、少しだけ楽しそうに言った。

「そうだねぇ……もし、グレン君が軍を辞めたら、次はどんな仕事がいいかなぁ？　……そうだ！　教師なんてどうかな？　グレン君、人に教えるのすっごく上手《うま》いし」

「…………」

「ま、グレン君の今後の進路は、後で一緒にじっくりと考えるとして……今は、この国難に集中しなきゃだね。さぁ、頑張ろうっと」

そう言って。

セラは再び周囲へ注意を配り、警備任務に従事し始める。

グレンはそんなセラへ、聞かずにはいられなかった。

「……なんでだよ？」

「えっ？」

「なんで、そんなマジになれんだよ？　この国がお前に何をしてくれた？

それに、お前だって俺と同じじゃねーか。もうわかってんだろ!?

夢は夢だって！　故郷の奪還なんて無理だって……バカそうに見えて聡《さと》いお前だ、わかってんだろ!?」

「…………」

「なのに、なんで、そんな――」

そんなグレンの疑問に。

セラは、なんでそんなことを聞くのかと不思議そうに小首を傾《かし》げて答えた。

「だって、グレン君の国だもの。滅茶苦茶になったら、グレン君、困るでしょ？」

「……ッ⁉」

今度こそ呆気《あっけ》に取られて言葉を失うグレンの前で。

セラがくるっと踊るように回って、空を見上げる。

「確かにね……グレン君の言うとおり。私も思うことはいっぱいあるよ……私、なんのために命がけで戦ってるんだろうって。私の戦いになんの意味があるんだろうって。

悩んで、悩んで……私だって軍を辞めようって思ったこと、一度や二度じゃないの」

「…………」

「でもね……私、この国、好きだよ？　だって、この国のお陰で……この国にやってきたお陰で……グレン君と会えたんだもの」

「…………」

「グレン君と、グレン君の住むこの国を守るためなら……私が命をかけて戦う価値は充分なんだよ。だから、私はまだまだ戦える。もっともっと強くなれる。

私が戦うのは、グレン君のため。グレン君がいるから、私……何も怖くないの」

と、その時、セラはふと気付く。

「あれ……？」

見れば、グレンがそっぽを向いている。

その顔は見るからに不機嫌そうだが……茹《ゆ》で上がったように真っ赤だった。

そんならしからぬグレンの反応に、セラは気付く。先ほどまでの自分の言葉が、ほぼほぼグレンへの愛の告白であったことに。しかも結構な殺し文句だったことに。

「えーと……セラ？　その……なんだ……？　なんつーか……」

真っ赤なグレンが頬を指でかきながら、妙にしどろもどろしている。

女心に鈍いと評判の唐変木も、さすがに色々と察してしまったらしい。むしろ、これで何も察せない男は、頭がイカれているだろう。

そんな諸状況を、セラが理解した途端。

「わ……わ、わぁあああああああああああああああああ──ッ！」

ぼんっ！　とセラが真っ赤になって、慌ててわたわた両手を振り始めた。

「違う！　違うの！　そ、そそそ、そういう意味じゃなくて！　違くないけど、違うのぉおおおおおおおお──ッ!?

あっ！　あっちの方の警備が薄いなっ！　わ、私、あっちを見てく──……」

びたーん！

身を翻《ひるがえ》して、慌ててその場から逃げだそうとして、転ぶセラ。

立ち上がり、よろよろとその場を去って行く……

「ったく……」

そんなセラを見送り、グレンが苦い顔をする。

先ほどのセラの告白も同然の言葉を聞いて、気付いてしまったのだ。

確かに、もうグレンの夢は破れている。全てを守れる『正義の魔法使い』など未来永劫叶わない。グレンの子供の頃からの夢はついに終わりを告げたのだ。

だが——そんな自分にも、守りたい者、守るべき者がまだ残っていることに気付く。

(セラ……)

全てを過不足なく救うのが不可能ならば。

せめて、自分の近しい人だけでも救えれば、それでいいのではないだろうか？

自分がもっとも愛する者だけでも守れれば、それでいいのではないだろうか？

それだって……立派な『正義の魔法使い』であるはずだ。

それで、自分がこの世界で誰を一番救いたいか、誰を守りたいかと自分自身に問えば。

(はぁ……そんなの決まってるか)

白髪揺れる彼女の後ろ姿を目で追いながら、グレンがため息を吐《つ》く。

(そうだな……もう無理だと思っていたが……俺はまだやれる。まだ戦える)

　ぐっと拳を握り固め、そう決意する。

（あいつの……セラのためなら、俺は戦える……セラだけを守る『正義の魔法使い』になったって、いいじゃねえか……）

　そう思っただけで、先ほどまでグレンの心にのし掛かっていた鬱々《うつうつ》とした重圧は、かなり軽くなっていた。

（ははっ、俺も現金な野郎だぜ。まぁ、強《し》いてまだ気が重てぇことと言えば……俺、次にあいつになんて声かけりゃいいんだ……？）

　とりあえずは、あのセラの想いに、ちゃんと何らかの答えを返さなければならない。気付かぬふりして、なあなあで済ますわけにはいかない。

　いくら唐変木とはいえ、その程度の筋は通せる男だ。

　もちろん、セラへ返す言葉は決まっている。

　今の今まで、ずっと気付かぬふりをしていたが、もうとっくにわかっていた感情を、素直に言葉の形で表すだけだ。男として、誤魔化さず、きちんと。

　それで二人の関係は、ただの〝戦友同士〟から〝特別な何か〟へ劇的変化するだろう。

　これから二人はどうなるのだろうか、とか。

　将来はどうなるのだろうか、とか。

色々と、不安やわからないことはまだまだ多いが。

「とりあえずは、この戦いを終わらせねえとな」

全てはそれからだ。

「ああ。この戦いが終わったら、俺——……」

そう決意して。

グレンが、再び警備任務に意識を向けようとした……その時だった。


どっ！


不意に、重苦しい喧噪《けんそう》が市街の方から上がるのだった。

「……なんだ？」

グレンが訝《いぶか》しんで、喧噪の方を振り返ると、そこには——……

——。

その日。

その異変は静かに……そして一気に起きた。

記録によれば、ことの発端は帝都オルランド中央区四番街、ランディール通りだった。

何の変哲もない通行人の一人が、突然、凶暴化して、何の罪もない一般市民達へ襲いかかり始めたのだ。

その凶暴化した者の力は異常だった。尋常じゃなかった。

並の人間の動体視力を優に超える、獣じみた瞬発力と速度。

人の手足や身体《からだ》を容易に引き千切る、化け物じみた膂力《りょりょく》。

砂糖菓子のように骨をかみ砕く顎力。

そんな放り込まれた怪物を前に、一般市民は為《な》す術《すべ》もなかった。

次から次へと無残に殺されていき、ランディール通りは大混乱に陥った。

そして、まるでその混乱を狼煙《のろし》とするかのように。

帝都のあちこちに、同じように理性を失って凶暴化した者が次々と現れたのだ。

ランディール通りの混乱は、たちまち帝都中の大混乱となって、帝都はまるで地獄の釜をひっくり返したかのような狂騒となっていく。

フェルドラド宮殿を中心に、その宮殿をすっかり囲むような形で、凶暴化市民達の暴動包囲網ができあがってしまう。

記録によれば、この時、初期凶暴化した市民の数――二千名以上。

凶暴化した連中に共通の特徴は、血走って爛々《らんらん》と赤く輝く目と、その全身に編み目のように走って浮き出ている血管。

それはとある禁断の魔薬《ドラッグ》による、末期症状であった。

後に『天使の塵《エンジェル・ダスト》事変』――あるいは『ジャティス事変』と呼ばれる、帝国中を震撼《しんかん》させた最悪の事件の始まりである。


――――。


「これは一体、どういうことかねッ⁉」

フェルドラド宮殿円卓会議室内は、さらなる紛糾に見舞われていた。

今、特務分室の室長イヴを筆頭とする、フェルドラド宮殿警備の軍関係者が、円卓会議室内に緊急招集され、必死に説明をしていた。

だが、状況を懇切丁寧に説明すればするほど、その場は大混乱になっていく。

「だから、何度も説明しましたが……『天使の塵《エンジェル・ダスト》』の末期発症者が、この宮殿を取り囲むように大量発生し、暴動と殺戮《さつりく》を起こしたのです」

イヴは苛々《いらいら》としながら、顔を真っ赤にした円卓会の老人方に、もう何度目になるかわからない同じ事を説明した。

「そして、その発症者達は全員、真っ直《ます》ぐこの宮殿を目指して進行中、その包囲網を徐々に狭めています」

「い、一体、なぜ⁉」

「だから……『天使の塵《エンジェル・ダスト》』には、その被投与者の意識と理性を剝奪し、その投与者の命令に忠実に従わせる効能があります。

その投与者の狙いは、間違いなく『円卓会』。この場にいる帝国の重鎮たる貴方《あなた》がたに対するテロが目的かと」

「ば、バカな……ッ！　そんな大それたことを実行する奴原《やつばら》がいるわけ……ッ⁉」

「そもそも、『天使の塵《エンジェル・ダスト》』の製法はすでに完全に破棄したはずでは……ッ⁉」

狼狽《うろた》える老人方へ、やはりイヴは淡々と続けた。

「すでに闇に葬《ほうむ》った『天使の塵《エンジェル・ダスト》』の製法を、未《いま》だ知る可能性のある者が一人います」

「なん……だとぉ……ッ⁉」

「彼は、製法を極秘保有していた《賢緑の派閥》を、ただの一人で壊滅させた男。

そして、本来、何らかの記録媒体を使わねば到底保存できない、膨大で複雑怪奇な製法を、ただの一目で完全記憶・再現できるだろう悪魔的頭脳の怪物。

彼の名は――ジャティス＝ロウファン。最近続く〝J案件〟の中心人物――」

そして、そんなイヴの断定に。

場はさらなる大混乱へと陥った。最早《もはや》、まったく収集がつきそうになかった。

「い、一体、どうしてくれる⁉」

「誰が責任を取るというのかね⁉」

「そんなことよりも、早くここを脱出せねば！　やつらが来る！」

「そんなの無理に決まってますぞ⁉　すっかり包囲されている上に、誰が、いつ、どこで『天使の塵《エンジェル・ダスト》』による凶暴化をするか、まったくわからないのですぞ⁉」

「それより、舐《な》められっぱなしで引っ込んでいられるかッ！　軍の総力を挙げて、とっとジャティスを捕らえよッ！」

「それどころじゃないじゃろう⁉　今は国の中枢たる我らの安全を最優先に――ッ！」

不毛な堂々巡りの言い争いが、イヴの前で延々と続いていく。

（ああ、もう……やりにくいッ！　軍関係者以外、出て行って欲しい……ッ！）

だが、この場にいるのは、誰もがイヴにとっては雲の上の人物だ。

何も言うことができず、出血し続ける貴重な時間にやきもきしていると。

「いい加減になさいッッッ！」


だんっ！　と。

円卓を叩《たた》く音と共に激しい叱責が飛び、場を一気に黙らせる。

アルザーノ帝国の国家首長──女王アリシア七世だ。

「この国難にみっともなく狼狽えている場合ですか⁉　恥を知りなさい！」

「し、しかし……へ、陛下……」

「しかもヘチマもありません！　私達がこうして手をこまねいている間にも、守るべき市民達の命が危機にさらされているのです！」

そして、アリシアが突然、イヴを見る。

「今、この場にいる軍関係者の中で、現場を知る現役の軍人、かつ、指揮経験豊富で、もっとも軍階の高い者は貴女《あなた》ですね？

帝国宮廷魔導士団特務分室室長、イヴ＝イグナイト百騎長」

「は？　……はっ！」

いきなり視線を向けられ、畏《かしこ》まるイヴへアリシアが続ける。

「フェルドラド宮殿近辺に集う帝国軍の総指揮権を、女王アリシア七世の名に於《お》いて、臨時的に貴女へ委ねます。百騎長、即刻この事態の収拾を計りなさい！

ここの護《まも》りは最小限で構いません！　なんとしても市民を守るのです！」

そんなアリシアの決定に。

「お、お待ちください、陛下ッ！」

「我々『円卓会』が一堂に集いながら、このような若輩の小娘に全てを委ねるなど⁉」

「ここは、我々主体で事態の解決に当たるべきでは⁉」

「そうですぞ！　で、でなければ、我々『円卓会』の権威が——」

老人達が何事かガタガタ叫《わめ》き始めるが……

「これは——私の勅命ですッッ！　とっくに現場離れたロートルが文句言うな！」

だんっ！

アリシアは再び、もの凄《すご》い剣幕で一同を黙らせるのであった。

そんなアリシアを見て、エドワルド卿《きょう》が不安げにおろおろと円卓会のメンバーとアリシアの顔を交互に見比べ、ルチアーノ卿が腕組みして楽しげにくっくっと笑う。

そして、そんな予想外の展開に、ぽかんとしているその場の軍関係者達。

イヴはそんなアリシアを見つめながら、物思う。

（こ、怖……でも、さすが女王陛下、英断だわ。これで大分、やりやすくなった！）

今、軍の初動が遅れまくっているのは、上の人間が下手に現場に居合わせたせいで、指揮系統が滅茶苦茶《めちゃくちゃ》になってしまっているからだ。

こうして指揮系統を一元化できれば……まだ、巻き返せる。

「……イヴ百騎長、いえ、司令官。女王陛下直々の勅命です。ご指揮とご命令を」

傍《かたわ》らの軍将校が、イヴに指示を求めてくる。彼とは所属部署と部隊が違うが、女王のお墨付きがあった以上、今はイヴの臨時的な部下だ。

「わかったわ。陛下の名の下《もと》に、フェルドラド宮殿警備全隊に告ぐ――……」

イヴは宝石型の通信魔導器を起動し、次々と各方面に指示を飛ばそうとした――

――まさにその時だった。


「陛下ぁぁあああああああああああ――ッ！」

会議室の扉が不意に慌ただしく開かれ、その場の一同の視線が一斉に集まった。

扉の向こう側に現れたのは、まだ若い魔導通信兵の青年だ。一体何があったのか、その表情が焦燥と困惑で真っ青に染まっていた。

「何事だ、騒々しい！」

「陛下の御前ぞ！　この無礼者め！」

「貴様、所属と軍階を言ってみろ！」

たちまち、軍の高官達や円卓会のメンバー達が非難や叱責の声を上げるが……

「いえ、構いません」

そんな彼らを手で制し、アリシアが立ち上がる。

「……その様子、余程火急の件のようですね。一体、何がありましたか？」

「お、恐れながら申し上げます……ッ！」

青年兵が、ばっ！　とその場に跪《ひざまず》き、震えながら一気にまくし立てた。

「つ、通信が……たった今、帝都オルランド外から通信が入りました……ッ！

件《くだん》のジャティス＝ロウファンから……このフェルドラド宮殿及び、帝都内の全通信機器をジャックして……ッ！

今回の一件について、帝国政府に対し、犯行声明を発信しております……ッ！」

「「「～～～ッ!?」」」

その場の一同に衝撃が走る。
「つ、繋《つな》ぎなさい……ッ！　逆探知も忘れないで！」
いち早く衝撃から立ち直ったイヴが、素早く指示を飛ばし……魔導通信兵達が慌ただしく機材を会議室へ準備し、呪文を唱えて装置を手早く操作していく。

ざ、ざざ、ザザザ──……

しばらく、装置からノイズが零《こぼ》れた後、やがて回線が調節され、次第にクリアな音声になっていく。
その衝撃の第一声は──

『死ね』

極上の憤怒《ふんぬ》と呪詛《じゅそ》と殺意が込められた、最悪の一言であった。
『僕はね……心底失望したんだよ。この国に。この国を牛耳《ぎゅうじ》る君達に』

『この国以上に、君達以上に、邪悪なるモノがあってたまるか』

『この国はね……この世界にあってはならないんだ』

『ゆえに──僕は〝正義〟を執行する。君達を断罪する』

『それが、未だ歴史の影で蠢《うごめ》く真なる邪悪に報いる、歴史上初のとても小さな、されど大いなる一矢《いっし》となるからだ……』

『安心して、胸を張って、死ね。君達の死こそが、この世界を救う第一歩となる』

『ジャティス＝ロウファンは、真なる正義をこの世界に遂行するため、女王に……アルザーノ帝国に反旗を翻《ひるがえ》す』

『……わかるかい？』

『これは犯行声明じゃない……宣戦布告だ』

　その場の誰もが……凍り付くしかなかった。

　底の見えない深淵《しんえん》の悪意に。得体の知れない恐怖と戦慄に──……

──。

「クソったれがぁあああああああ——ッ！」

叫びながら、グレンが身を翻し、銃口を旋回させる。

その撃鉄を三連ファニング。

吐き出される雷音と雷火が、凄《すさ》まじい速度で迫り来る『天使の塵《エンジェル・ダスト》』の末期発症者を撃ち倒した。

「ふぅ——ッ！」

同じくセラが疾風脚《シュトロム》の超高速機動で建物の側面を駆け抜け、その最高速から風の刃《やいば》を神速で放つ。

建物の間を獣のように飛び回る末期発症者の一人の首を、正確に刎《は》ね飛ばす。

「グレン君、危ないッ！」

風を巻いて地面に降り立ったセラが、咄嗟《とっさ》にオカリナを吹く。

その音色に導かれ、三体の風の精霊《シルフ》が召喚され、それこそ弾丸のような速度で弧を描いて飛んで行き——

「——ッ!?」

グレンの背後で凶器の棍棒《こんぼう》を振り上げていた末期発症者を斬り裂いた。

「た、助かったぜ、セラ……ッ！」

グレンが即座に古式回転拳銃《パーカッション・リボルバー》のバレル・ウェッジを抜いて、空になった弾倉《シリンダー》を落とし、新しい弾倉《シリンダー》を装填する。

そんなグレンの背中を守るように、セラが風のようにやってくる。

今、グレンら宮殿周辺の警備軍は、包囲網を狭めてくる『天使の塵《エンジェル・ダスト》』の末期発症者達の迎撃に動いていた。

周囲は、どこもかしこも、戦いの喧噪《けんそう》と怒号で大混乱だ。

最悪なことに、『天使の塵《エンジェル・ダスト》』の末期発症者達は、並の魔導兵達では手に負えなかった。

グレンやセラのような歴戦の魔導士でなければ、太刀打ちできないほどの戦闘力を、末期発症者達一人一人が持っているのだ。

そして、そんな連中がまるで一つの軍隊のように、一個の生物のように、各方面から連携し、波濤《はとう》のように圧をかけ、宮殿めがけて攻め上がってくるのだ。

それゆえに……

「ぐわあああああああ——ッ!?」

「ぎゃあっ!?」

周囲で迎撃に当たる魔導兵達が、ボロボロとゴミのように殺《や》られていく……

「ド畜生がッ！」

グレンは銃を乱射し、その合間に攻性呪文《アサルト・スペル》を放ちながら毒づく。

鉛の火線が空間を切り裂き、上がる【ブレイズ・バースト】の爆炎が、さらに世界を赤く熱く染め上げる――……

同じような魔術戦が、帝都の各地で繰り広げられ、先ほどから爆音や雷撃音がひっきりなしに帝都の空を木霊《こだま》している。

今や、帝都は完全に地獄の戦場と化している――たった、一人の男の手によって。

「ジャティスの野郎、一体、何を考えてやがるんだ⁉」

次から次へと波濤のように迫り来る、無数の末期発症者達。

そんな彼らを殴り倒し、銃弾を叩《たた》き込み、魔術で燃やしながら、グレンが叫ぶ。

「……わからない……なんで、こんなこと……ッ！」

天空を舞う暴風と疾風を自在に操ってグレンの背を守るセラも、その美しい顔立ちには困惑しかない。

「正気かよ⁉　信じられねえッ！　あの野郎……たった一人で、世界最強の魔導大国に喧《けん》嘩《か》売りやがったッ！　たった一人で、クーデター起こしやがった……ッ！

歴史上、こんなぶっ飛んだ野郎が他にいたか⁉」

しかも、恐ろしいことに――その目論《もくろ》みは成功しつつある。

確かに、ただの一個人が国家を転覆させるなど、普通は不可能だ。

だが――国の中枢が完全に一堂に集まる『円卓会』、それを狙い澄ましての『天使の塵《エンジェル・ダスト》』末期発症者達による一斉武力蜂起と電撃攻勢作戦。

帝都郊外に駐在する帝国軍の主力部隊が出動要請を受け、戦闘準備を整えて、宮殿へ集結するまで、恐らく三時間。

だが、その三時間で――グレンら防衛線は押し切られて崩壊し、『天使の塵《エンジェル・ダスト》』末期発症者達が宮殿内へと流れ込むだろう。ゲームオーバーだ。

円卓会の招集タイミングや、ちょうどこの時期に行われていた各軍の部隊配置換え、それにともなう指揮系統の再編や、有事の際に起きる混乱など……様々な要因を計算し尽くして、〝絶対に間に合わない三時間〟を創り出した、まさに悪魔的な差し手である。


〝読んでいたよ〟

そんなジャティスの口癖が、グレンの脳内に、あのねっとりと絡《から》みつく不快な美声で蘇《よみがえ》るかのようであった。

（あいつのことだ……このタイミングでの『円卓会』招集とその襲撃を狙って、政府要人を殺しまくってやがったな……ッ！）

だが、わかっていても、もうどうしようもない。

今は目の前に次々と迫り来る敵を倒さなければ、己の命すら危ない。

（くそっ！　クソクソクソ……ッ！　クソォオオオオオ――ッ！）

ただ、自分が助かるためだけに、元は罪もない一般市民であったろう末期発症者達を、グレンは殺し続ける……

味方も、次々と末期発症者達に摑《つか》まれ、引き千切られてボロボロと死んでいく。

そんな地獄の最中で、グレンとセラが必死に戦っていると……

「グレン！」

「よぉう、セラちゃんも！　生きておったかいな！　偉いぞい！」

そこへ、アルベルトとバーナードが駆けつけていた。

アルベルトが放つ【ライトニング・ピアス】の雷閃《らいせん》が、大通りの向こう側から迫り来る発症者達を正確無比に撃ち倒す。

バーナードが翻す鋼糸の結界が、建物の間を跳躍してくる発症者達を蜘蛛《くも》の網のように搦《から》め捕《と》り、バラバラに切断分解する。

「アルベルト！　爺《じじい》も⁉」

「此方《こちら》の戦況はどうだ？」

「あ⁉　見りゃわかるだろ⁉　最高にクソったれに熱ッ々だよ！　地獄の釜の底だってもう少し温《ぬる》いわ！」

毒づきながら、グレンは建物の陰から銃を連射した。

断続的に響き渡る雷音が、戦の喧噪と怒号の中へあえなく吸い込まれていく。

合流を果たした特務分室組は、互いにフォローし合いながら、周囲の魔導兵達を救助しつつ、その圧倒的な戦闘力で戦線を押し返していく。

だが、この一区画の戦線を押し返したところで、他で押し負けていては意味がない。

先ほどから、通信魔導器を通して聞こえてくる各地の戦況は、やれどの区画が突破されただの、やれどの部隊が崩壊した全滅しただの、暗いものばかりだ。

きっと、全てジャティスの掌《てのひら》の上なのだろう。

この詰め戦戯盤《チェス》は徐々に、目論み通り詰め上がりつつあるようであった。

「くそが……ッ！」

「ああ、本当にクソじゃなぁ！　久々ちびりそうだわい！」

毒づくグレンに、バーナードが凍結解凍した無数のマスケット銃をとっかえひっかえ連射しながら、応じた。

「しかし……今回の任務に、クリ坊とリィエルちゃんがいなかったのは……果たして、良いことやら悪いことやら」

「……そうだな」

特務分室執行官ナンバー５《法皇》のクリストフ＝フラウル。

同ナンバー７《戦車》のリィエル＝レイフォード。

特務分室の中では、若手であり新人でもあるその二人は、今は共にとある別の任務に従事しており、この帝都にいない。

すでに二人とも、恐るべき力を持つ執行官であるがゆえ、こんなギリギリの戦況でいないのは悔やまれるが……同時に、こんなクソのような戦場に参加させずに済んだのは、ある意味、幸いとも取れるか。

もっとも……特務分室に所属している以上、今さら感は否《いな》めないが。

「いずれにせよ、この場にいない者達のことを考えても仕方あるまい」

アルベルトが淡々と黒魔《くろま》【プラズマ・フィールド】を放つ。

荒れ狂い、咆哮《ほうこう》する雷撃の法陣が、その一角に隊伍《たいご》を成して迫り来る数名の発症者達をまとめて消し飛ばす。

「俺達は俺達で為《な》すべきを為す、それだけだ」

「ンなのわかってら！　ところで本営の護《まも》りはいいのかよ⁉　お前らまでゾロゾロこんな最前線にやってきたら……ッ！」

「今、宮殿前の最終防衛ラインには、《死神》、《審判》の二人が防衛に当たった。余程の事がない限り抜かれん」

「な、何⁉　マジか⁉　あいつら戻ってたのか⁉」

特務分室執行官ナンバー13《死神》のブラッドリー＝デイルサード。

同ナンバー20《審判》のジャネット＝セイクリア。

彼らも特務分室の凄腕《すごうで》達……グレンなど足下にも及ばない超一流の魔導士だ。

ブラッドリーは、【死の言葉《デス・スペル》】に長《た》け、それを聞く者を問答無用で死に至らしめる秘術を操る、恐るべき男性魔導士である。

ジャネットは、『サルヴァルト症候群』と呼ばれる不治の霊的疾患をその身に抱えており、その寿命の短さと引き換えに、人外の絶大なる魔力容量《キャパシティ》と魔力密度を誇り、その攻性呪文《アサルト・スペル》の威力は、帝国軍随一。破壊力だけなら、かつての執行官ナンバー21《世界》のセリカをも超える……と評される女性魔導士だ。

チームの相性の関係で、彼らとは違う任務に当たることが多かったが、やはり同じ部署に勤める者同士として、グレンとそれなりの交友と信頼関係にある仲間である。

特にグレンとジャネットは、異性の悪友みたいな関係だ。

「まぁ、あいつらが最終防衛ラインにいるなら、とりあえず大丈夫だな。つーか……戦ってるあいつらに近づきたくねぇ」

「……それは同感だ」

グレンのぼやきに、珍しくアルベルトも少しだけ苦い顔で首肯する。

と、その時だった。


『無駄口はそこまでよ』


グレン達が装備している宝石型通信魔導器に、通信が入る。

グレン達執行官ならば、誰もが良く知る声だ。

その声の主は――……

「イヴ!?」

グレン達の上司であり上官、特務分室室長だった。

「何だよ、このクソ忙しい時に⁉　こんな時まで説教か⁉」

『そこまで暇じゃないわ。緊急命令《オーダー》よ。グレン、セラ、アルベルト、バーナード、今すぐその場からそれぞれ指定した戦域まで移動なさい。そのポイントは……』

「ちょ、ちょ、ちょ、おい待て⁉　この状況で移動だと⁉」

戦う手を止めぬまま、グレンが吐き捨てる。

「何、バカ言ってんだ⁉　戦況わかってんのか⁉　今、俺達がここを離れたら、友軍にどんだけ被害出ると思ってんだ⁉」

グレンは、周囲で必死に、ボロボロになりながら戦っている友軍の魔導兵達を見回して吠《ほ》えるが……

『わかってる！　そんなのわかってるわよッ！』

そんなグレンの耳朶《じだ》を、イヴの焦燥と苛立《いらだ》ち混じりの叫びが打った。

『でも、仕方ないのよ……ッ！　新手よッ！　新たな末期発症者達の集団が、帝都のあちこちに追加出現したのッ！

第一波の末期発症者を大きく超える凶暴性と戦闘力で、市民達が現在進行形で虐殺されているのッ⁉　もう、どこもかしこも、手が足りないのよ……ッ！』

イヴの叫びは、最早《もはや》、悲鳴にも近かった。

「なん……だと……ッ⁉」

愕然《がくぜん》とするしかないグレン。

恐らくは、帝国軍側の戦力と戦線展開を読み切っての、ジャティスの策略だ。

どうやらジャティスは本気で、帝国と戦争をするつもりらしい。

「あの野郎……ッ！　どこまでも……ッ！」

グレンは歯ぎしりしながら、周囲を改めて確認する。

猛然と、次から次へと迫り来る末期発症者達。

それを隊伍を組んで迎撃する友軍の魔導兵達。

魔導兵達は必死に火球や電撃を放って、応戦するが……末期発症者達の人の動体視力を優に超えた速度と人外の膂力《りょりょく》に食いつかれ、一人、また一人と倒れていく。

魂消《げ》るような断末魔の声が、次から次へとグレンへ届く。

（いいのか⁉　こんな状況で、俺達が離れてッ！　下手すりゃ全滅だぞ……ッ！）

だが、こうしてグレンが留まっている間に、ここと は別の場所で、無力な市民の命がボロボロと零《こぼ》れ落ちていっているのだろう。

どこを、どう足掻《あが》いても。グレンは——全てを救えない。

自分は全てを救える『正義の魔法使い』じゃない。

わかっているのに。わかりきっているのに——……

「……連中も、この国へ命を捧《ささ》げると覚悟した軍人だ」

そんなグレンの肩を、アルベルトが叩《たた》く。

「最高は無理だが、最善を尽くすしかあるまい。今はな」

「……ッ！　わかってる！」

グレンは頭《かぶり》を振って、通信先のイヴへ噛《か》みつくように問いを投げる。

「イヴ！　どこだ⁉　俺達はどこへ向かえばいい⁉」

『珍しく素直ね。いつもそうだと嬉《うれ》しいんだけど。編成は、グレンとセラの二人は二人一組《エレメント》・一戦術単位《ワンユニット》で。アルベルトとバーナードは、それぞれ単騎で遊撃。それぞれ、急行する場所《ポイント》は——……』

イヴの指示に従い、グレン達はそれぞれ、割り当てられた戦域へと移動開始する。

「グレンさん！　アルベルトさん！　市民を……頼みます！」

「ここは、俺達がなんとかしますんで……ッ！」

「ああ、わかった！　お前らも死ぬなよ！」

友軍と二言、三言かわし合い、グレン達は行動を開始する。

そして、その場に残された友軍のほとんどと、それが今生の別れとなった。

――――。

――某所にて。

「まぁ、そう来るよね？　〝読んでいた〟よ」

この事変の仕掛け人――ジャティスは満足そうに薄ら寒く笑っていた。

ジャティスは帝都上の全ての戦況を、魔術によって、遠隔的に全て把握している。

そして、今のところ……何もかもがジャティスの掌の上だ。

「これで、あの厄介な特務分室の連中を、バラバラに分断できた。いやぁ……さすがに、彼らが全員一カ所に雁首揃《がんくびそろ》えていると、僕も手出しできないからねぇ？

特に……グレンは何をしでかすか、僕の目をもってしても読めない。関係ない場所で奮戦してくれれば、それで良し」

くっくっと。ジャティスが一人、楽しげに笑う。

「まぁ……以上をもって、全てが整った。後は最後の王手を差すだけさ」

――――。

フェルドラド宮殿を中心に、泥沼の戦いは続いていく。

各地で繰り広げられる地獄のような消耗戦。

次から次へと現れる新手の『天使の塵《エンジェル・ダスト》』の末期発症者達の集団。

アルベルト、バーナードの二人とは別働で動くグレンは、セラと共に、その末期発症者達の集団を追いかけるように、あちこちを転戦していく――

軍の主力部隊が宮殿に集結するまで、後一時間。

その一時間が、絶望的なまでに長かった。


――――。


帝都オルランド中央区七番街、ランドハイド通りにて。

「はぁあああああああああああああ――ッ！」

セラが踊るように風を操り、砲弾のような威力の風が、迫り来る三人の末期発症者達を粉々に吹き飛ばした。

「はぁ……ッ！　はぁ……ッ！　ぜぇ……ぜぇ……ッ！」

さしもの魔力容量《キャパシティ》のお化けのセラも、連戦続きで消耗しきり、息が上がっている。

だというのに、敵は次から次へと無尽蔵に現れる。

顔を上げてみれば、通りの向こうから、さらなる新手の末期発症者達が、ゆっくりとこちらに向かって歩いてきているのが見えた。

「だ、ダメ……二人だけじゃ押し切られる……抑えきれないよ……ッ！　もう治癒限界来てるし……足を痛めて疾風脚《シュトロム》もできなくなって……ッ！」

セラは息も絶え絶えに、一旦、建物の陰に身を隠す。

「おまけに、新手の発症者達……本当に、最初に出現した発症者達とは比較にならないほど強い……皆、連戦で疲弊しているのに、キツ過ぎる……」

「…………」

そこにはすでにボロボロに傷ついたグレンも壁に背を預けていて、どこか神妙な顔で、拳銃の弾倉《シリンダー》交換を黙々と行っていた。

「こんなの酷過ぎるよ……ジャティス君は一体、どれだけの『天使の塵《エンジェル・ダスト》』を予《あらかじ》め仕込んでいたんだろう……？」

「グレン君……ここはもう無理……一旦、退《ひ》こう？　このままじゃ……」

と、そんな風に、セラがグレンへ縋《すが》るように声をかけていると。

「…………」

「……妙だ」

グレンが弾倉《シリンダー》交換作業を継続したまま、不意にぼそりとそんなことを呟《つぶや》いた。

「え？　妙？」

「そうだ。状況から考えて、ジャティスは、帝都中の市民に『天使の塵《エンジェル・ダスト》』を予め仕込んでいて……時間差で各地に末期症状を発症させて暴徒化、そして、『天使の塵《エンジェル・ダスト》』に仕込んでいた命呪《コマンド》で、殺戮《さつりく》を繰り返させながら宮殿へ侵攻させている……そうだな？」

「う、うん……そうだけど……」

「で、ジャティスはこの帝都外のどこかから宣戦布告の通達を送りつつ、高見の見物……そうだな？」

「うん……本部の逆探知情報によれば、ジャティス君はこの帝都内にはいないって」

「だとしたら、妙なんだ。……敵が強すぎる」

「……どういうこと？　グレン君」

ちゃっ！　弾倉《シリンダー》交換を終えた銃をホルスターに納め、グレンがセラを流し見る。

「ああ。新手の末期発症者……第一波に比べて、やけに戦闘能力高《たけ》ぇよな？」

「う、うん……目に見えてわかるほどに……」

「確かに『天使の塵《エンジェル・ダスト》』の末期発症者は、圧倒的な身体能力と再生能力、反射速度を得るが……アレほどまでじゃねえはずなんだ。

第二波以降の連中は、『天使の塵《エンジェル・ダスト》』の理論強化幅を大きく超え過ぎてる」

「えっ⁉　でも実際、こうして凄《すご》く強くて……」

セラが目を瞬《しばたた》かせていると、グレンが続ける。

「いや。一つだけ方法はあるっちゃある。それは……『天使の塵《エンジェル・ダスト》』β《ベータ》バージョンだ」

「βバージョン……？」

小首を傾《かし》げるセラに、グレンが頷《うなず》く。

「ああ、そうだ。『天使の塵《エンジェル・ダスト》』には、俺達がよく知る通常のα《アルファ》バージョンの他に、もう一つ、β《ベータ》バージョンというものが存在するらしいんだ」

「は、初耳だよ、そんなの……」

「無理はねえさ。β《ベータ》バージョンの完全製法は諸事情により、百年以上前に失伝《ロスト》してる。俺みてーな古典魔術文献漁《あさ》りが趣味の酔狂でもなけりゃ、知らなくて普通だ」

目を丸くして驚くセラを尻目に、グレンはさらに続けた。

「で、そのβ《ベータ》バージョンだがな……見た目の症状そのものはα《アルファ》バージョンとそう大差ないが……α《アルファ》バージョンを遥かに超える身体能力強化を発症者に与える」

「え？　じゃあ……？」

「第二波以降の連中は、β《ベータ》バージョンの被投与者ってことだ。記憶の中の理論強化幅とも一致している。

つまり、ジャティスの野郎……失伝魔術《ロストミスティック》を再現しやがったんだ！　あいつの頭脳と技量なら、確かにやりかねねえ……ッ！」

グレンは最早《もはや》、それを確信しているようであった。

「で、でも、グレン君、それがどうしたの？　『天使の塵《エンジェル・ダスト》』にα《アルファ》とβ《ベータ》のバージョンがあったとして……どっちみち敵が強いことに変わりは……」

「焦《あせ》るなよ、セラ。本題はここからだ」

グレンは、建物の陰から表通りの様子を慎重に窺《うかが》いながら言葉を続ける。

「β《ベータ》バージョンにはな……欠陥が存在する」

「け、欠陥……？」

「そうだ。α《アルファ》バージョンは投与から症状発症まで、ある程度、その時間を調整できるが……β《ベータ》バージョンは不可能だ。投与後、即発症する。

　そして、『天使の塵《エンジェル・ダスト》』は魔薬《ドラッグ》の体《てい》を取っているが一種の死霊術《ネクロマンシー》。本人が直接、対象に薬を投与しなければ、効果を発揮しない……わかるな？」

「……えっ……つ、つまり、それって、まさか……？」

「ああ、ジャティスの野郎は……この帝都内のどこかに必ずいる！　帝都外からの通信ってのは……何らかの手段を用いた偽装《フェイク》だ！」

　グレンの分析に、セラが呆気《あっけ》に取られる。

「そして、一種の死霊術《ネクロマンシー》であるがゆえに、主《マスター》……ジャティスをぶっ倒せば、末期発症者達は全員、自己崩壊する！

　これ以上、市民と友軍の犠牲を防ぐためには、一刻も早くジャティスを探し出し、直接ぶっ叩くしかねえ……ッ！　問題はヤツが帝都のどこに潜伏しているかだが……第二波以降の発症者達の発生時間と場所から逆算すれば……ッ！」

　そんなことを言って、ぶつぶつと思考に耽《ふけ》り始める。

　恐らく、頭の中に帝都の地図を思い浮かべ、今までの戦いの経過の情報を合わせて、推理しているのだろう。

「やつが『天使の塵《エンジェル・ダスト》』を風の魔術に乗っけて撒《ま》いたと仮定すれば……この広がり方と経緯から……移動速度は隠密《おんみつ》機動性を重視して……いや、待てよ……」

そんなグレンに、セラはただただ感嘆するしかなかった。

恐らく、『天使の塵《エンジェル・ダスト》』に二種類のバージョンがあるなど、イヴどころかアルベルトすら知らないことだろう。

そして、グレンはその知識をこの土壇場《どたんば》で引き出し、突破口を開いてみせたのだ。

魔導士ではなく、魔術師としてのグレンは、本当に群を抜いている。

「……そうか、王立公園《ロイヤル・パーク》……ッ！　こんだけ散々派手に動き散らかした今、まともに潜伏できる場所は、そこしかねえ……ッ！」

やがて、頭の中で何かが帰結したのか、グレンは確信を持って叫んだ。

「セラ！　イヴに通信繋《つな》いでくれ！　俺のは、さっき戦闘でぶっ壊れちまったんだ！」

「う、うんっ！　わかったよ、グレン君！」

グレンの指示に従い、セラは慌てて宝石型の通信魔導器を操作し始めるのであった。


────。


フェルドラド宮殿、円卓会議室内本部にて。

「……なんてこと」

グレンの報告を受けたイヴが、頭を押さえて呻《うめ》いていた。

「いえ、でも……確かに……辻褄《つじつま》は合ってるわ。全ての違和感に説明がつく」

『だろ⁉ って、意外だな、信じるのかよ⁉』

拍子抜けしたようなグレンの叫びに、イヴは通信魔導器から耳を離して顔をしかめる。

「貴方《あなた》の魔導士としての腕はまったく信頼してないけど。魔術師としては別よ」

『そ、そうか……』

「お手柄よ、グレン。褒めてあげる」

グレンの報告で、さすがは聡明《そうめい》なイヴ、今回のジャティスの仕掛けの構造を、ほぼほぼ確信していた。

ジャティスは間違いなく、この帝都内――特に、グレンが言ったように王立公園《ロイヤル・パーク》に潜んでいる可能性が高い。

そこを速攻で叩《たた》くべきなのは、最早、言うまでもない。

『なら話は早《はえ》ぇ！　俺とセラで王立公園《ロイヤル・パーク》へ向かう！　だが、ジャティスの野郎は間違いなく強敵だ！　二人じゃキツ過ぎる！　頼む！　誰か援護を回してくれ！』

「援護……」

そんなこと、いくらグレンのことが嫌いなイヴでも、是非もないことだった。

だが……

「……くっ……」

イヴは、円卓の上に広がる戦況図を見て歯がみする。

敵味方が入り乱れ、今にも宮殿への突破を許しそうな大混戦状態。

グレンとセラに回せる余力など、微塵《みじん》も存在しない。

だが……

「イヴ百騎長ッ！　たった今、アルベルト＝フレイザー十騎長が、ハイネル通りC－4戦区の発症者達を完全制圧しましたッ！」

通信魔導兵が、奇跡の朗報をこのタイミングで報告した。

「ほ、本当に⁉　でかしたわ！」

それはいかなる奇跡か。不意に駒が一つ浮いた。

しかも、この盤面に於《お》いて、考えられる限り最強で最高で最適な、特上の大駒だ。

グレンやセラ達との位置も、そう遠く離れているわけじゃない。合流は可能。

「グレン！　アルベルトを貴方達の援護に回すわ！」

『マジか⁉　そりゃ心強《づえ》ぇ！』

「貴方達は王立公園《ロイヤル・パーク》へ向かいなさい！　すぐ追いつかせる！　他にも浮き駒があったら、

そっちに回すわ！」

『サー・イエス・サーッ！』

そして、グレンとの通信を切って、イヴは部下にアルベルトとの通信回線を繋がせるように命じる。

慌てて動き始める下士官達。

（やったわ……これで、勝てる……ッ！）

イヴが、今回の事変の収拾と勝利を確信した……その時だった。


「た、大変です、イヴ百騎長ぉおおおおおおお――ッ！」

別の通信魔導兵が、素っ頓狂な叫びを上げていた。

一体、どんな報告を受けたのか……顔を真っ青にして恐怖と絶望に震えている。

「今度は何⁉」

イヴが報告を促すと。

「じゃ、ジャティス＝ロウファンが……たった今、フ、フェ、ル、ド、ラ、ド、宮、殿、前、広、場、に出現しましたッ！」

「…………は？」

一瞬、イヴは耳を疑った。

フェルドラド宮殿前広場……つまり、この円卓会議室の目と鼻の先である。

「迎撃に当たった《死神》のブラッドリー＝デイルサードと、《審判》のジャネット＝セイクリアが交戦の末……戦死ッ！

現在、ジャティスは、ここ本宮殿を目指して進軍中ッ！　い、イヴ百騎長……ご指示を……ッ！」

────。

帝国宮廷魔導士団特務分室執行官ナンバー20《審判》のジャネット＝セイクリアは、天才だった。魔術の申し子とも呼べる才媛であった。

だが、彼女は生まれつき『サルヴァルト症候群』と呼ばれる不治の霊的疾患を抱えており……その寿命はあまりにも短かった。二十半ばまでは生きられないとされた。

寿命と引き換えに人外の魔力容量《キャパシティ》を得ているが、あまりにも重すぎる代償だ。

だけど、彼女は腐らなかった。自棄《やけ》にならなかった。

短い人生で、自分の才能を最大限、この世界に還元する生き方を選んだのだ。

最後の最後まで、自分の力を誰かのために使い、誰かのために生き、誰かのために何かを成し遂げたかった。

この世知辛《せちがら》い世の中に、自身が生きた証《あかし》を、爪痕を残したかった。

それだけが……齢《よわい》十七歳で、特務分室の執行官を務めるジャネットの望みだった。

だが――そんな彼女の望みは、希望は、今、呆気なく潰《つい》える。

一人の狂える『正義』の手によって――


「いつか……こうなるって……覚悟してた……けど……」

桃色がかった金髪のうら若き少女――ジャネットが、全身血まみれで顔を上げる。

「せめて……もう少しだけ……生きたかったな……」

そのジャネットの弱々しい瞳に映ったのは、無数の人工精霊《タルパ》の天使達が隊伍《たいご》を組み、鋭い槍衾《やりぶすま》を並べて、凄《すさ》まじい速度で突進してくる光景だった。

すでに片目は潰れて見えない、左腕は深くやられ、抉《えぐ》られた右足には力が入らない。

次の瞬間、ジャネットは全身をハリネズミのように槍で串刺しにされ――吹き飛ぶ。

まるで昆虫標本のように近場の建物の壁に磔《はりつけ》にされ……瞬時に絶命する。

「……う、……ン……」

最期《さいご》に誰かの名を呟《つぶや》いたようだが、それを聞く者は誰もいなかった。

周囲は、警備の魔導兵達の死体、死体、死体の山。

《死神》のブラッドリーすら惨殺《ざんさつ》されて、転がっている。

フェルドラド宮殿前広場——普段は、市民達の憩いの場となっているその場所に。

生きて立っている人間は——ただ一人。


「正義、執行完了」


薄ら寒い笑み。怖気《おぞけ》のする圧と気配。漆黒の狂気。

元・帝国宮廷魔導士団特務分室執行官ナンバー11《正義》のジャティス＝ロウファン、ただ一人——……

「さて、仕上げと行こうか……」

ジャティスは腕を振るって、召喚した人工精霊《タルパ》達を解除《キャンセル》する。

そして、自分が惨殺した連中には目もくれず、くるりと踵《きびす》を返し、円卓会議室があるフェルドラド宮殿へ向かって、悠然と歩き始めるのであった——

――。


ジャティス、出現。

その一報に、円卓会議室内は天地がひっくり返ったような大恐慌《だいきょうこう》に見舞われていた。

なにせ、あのジャティス＝ロウファンが、すでに目と鼻の先まで来ているのだ。

もう、この円卓会議室内にやってくるのは、最早《もはや》時間の問題である。


「早く！　早くなんとかしろ！　なんとかするのだッ！」

「この私を誰だと思っているんだッ！　私の命令が聞けないのかッ！」

「そんなことよりも脱出をッ！　は、早く我々の脱出の手引きをするのだッ！」

「だ、だから、最初から退《ひ》くべきだと何度も、わしは――ッ！」

「ぁあああああああああ――ッ！　もうお終《しま》いだッ！　もうお終いだぁあああああああああああああああああ――ッ！」

円卓会議の老人達の大騒ぎが雑音となって、ひたすらイヴの思考を阻害し続ける。

（くっ！　しっかりなさい、イヴ＝イグナイト！

ブラッドリーとジャネットのことを考えるのは、後回し……ッ！

こうしている間にも、足止めに向かった魔導兵達が虐殺されている……ッ！）

矢継ぎ早に送られてくる報告によれば、ジャティスの侵攻を防ごうと、各魔導兵の部隊達が決死でジャティスに迫っては、次々と蹴散らされていっている。

イヴが自らの頰を張り、心を叱咤《しった》し、気を取り直す。

（考えろ……考えるのよ！　私の采配に、全将兵の命がかかってる！）

確かに、イヴは諸事情により、手柄や武功を立てることを何よりも最優先し、部下を駒のように扱う。手駒を死ぬ一歩手前限界ギリギリまで酷使する。

そのせいで、グレンなど一部の将兵には蛇蝎《だかつ》のごとく嫌われている。

だが――望んで捨て駒をしたことは、一度もない。

（冷静に考えなさい……相手はあの悪魔の頭脳、ジャティス＝ロウファンよ。だとしたら……こんな杜撰《ずさん》な詰め手、ある？）

そもそも、おかしいのだ。

グレンの報告から推測できる通り、ジャティスの現在の潜伏場所は――王立公園《ロイヤル・パーク》以外にあり得ない。グレンに先を越されたのは癪《しゃく》だが、イヴもそれは確信している。

だから、こんなタイミングで宮殿前広場に現れるなんて、物理的に不可能なのだ……身体《からだ》が二つない限りは。

そもそも、あの《死神》と《審判》があっさりと撃破されたから失念しがちだが、ジャティスのこの一手は、悪手も悪手だ。

フェルドラド宮殿内には、まだ王室親衛隊や帝国宮廷魔導士団の主力が多く警備についている。

この円卓会議室まで、まだまだ防衛線は幾重にもある。

いくらジャティスでも、単騎で、ここまで突破できるわけがない。あの蛇のように狡猾《こうかつ》な男が、最後の最後で、こんな詰めの甘い差し手を打つわけない。

そして、イヴはジャティスの得意魔術——人工精霊《タルパ》召喚術を思い出す。

(つまり——これは、囮《おとり》……ッ！)

にわかに信じがたいが……ジャティスは自分自身に偽装した人工精霊《タルパ》で、《死神》と《審判》を撃破してみせたのだ。

恐らくジャティスは、己の真なる潜伏場所が、やがてグレンに割れるだろうことも予測し、その上で、イヴがグレンへ援軍を回すことまで読み切って、この一手を差した。

グレンへの援軍を断ち、援軍をこの宮殿に回させるために。

ジャティスの本体さえ撃破されなければ……市街に展開した大量の末期発症者達で、いずれ、確実にこの宮殿を圧殺できるからだ。

（誰が欺《だま》されるか……ッ！　舐《な》めるのもいい加減にしろッ！）

イヴは即決し、立ち上がった。

「私が出るわ！　私が宮殿前に出現したジャティスの迎撃に出る！　私の代将は、帝国魔導兵団第三部隊長、グラード＝ハウゼン百騎長に引き継ぐ！

そして、通信魔導兵！　回線を特務分室執行官ナンバー17《星》のアルベルト＝フレイザーに繋《つな》ぎなさいッ！」

「は……はっ！」

「そして、本営より通達！　第一級有事優先特令！　《星》は即刻、王立公園《ロイヤル・パーク》へ急行し、《愚者》と《女帝》の――……」

と、その時だった。

『貴様、一体、何をやっている？　イヴよ』

ずきり、と。

頭が割れそうな痛みと共に、イヴの脳内に直接、通信が入った。

その瞬間、ぞくりとイヴの背筋が震え上がり、強敵と対峙《たいじ》しても感じないほどの恐怖がイヴの心臓を鷲掴《わしづか》みにする――

イヴは、なぜかいつもこうなるのだ――この〝声〟を聞くと。

イヴの実父――元・特務分室室長にて、現・女王府国軍大臣、兼、国軍省統合参謀本部長、アゼル＝イグナイトの〝声〟を聞くと。

（――ち、父上――ッ⁉）

途端、イヴの心拍数が上がり、過呼吸になっていく。

世界がぐるぐるとゆっくり回転するような浮遊感がイヴの身体を支配する。

今、アゼル＝イグナイト――イグナイト卿《きょう》はこの場にはいない。

所用があって、今回の円卓会には出席できなかったからだ。

だが、何らかの魔術的手段で、帝都の状態と戦況は把握しているらしい。

それゆえに、こうしてイグナイトの血を利用した秘匿通信回線を利用して、イヴに茶々を入れてきたのである。

『貴様、指揮官が指揮権を放棄して、何をする気だ？　あまつさえ、今、何を部下に命じようとした？』

（そ、それは……ッ！）

イヴは自身の脳内に直接入ってくる父の通信に、必死に弁明した。

諸状況により、宮殿前に現れたジャティスの正体は偽物《にせもの》である可能性が高いこと。

ジャティスの真の潜伏先は、王立公園《ロイヤル・パーク》である可能性が高いこと。

それを、グレンという執行官が見破ったこと。

そして、そのグレンの戦いをフォローするため、最大最強の駒であるアルベルトを動かそうとしていたこと。それが最善手であると信じていること。

だが——……

『下らぬ！』

イヴの必死の説明も空《むな》しく、返ってきたのは怒号と叱責だった。

『グレン＝レーダスなどという、三流下士官の妄言など鵜呑《うの》みにしてどうする⁉　おまけに執行官二名を倒した存在が、ただの人工精霊《タルパ》だと⁉　貴様、気は確かか⁉』

（し、しかし、父上、状況は現にッ！　それに、《正義《ジャティス》》の底知れない力は……ッ！）

『黙れッ！　冷静さを欠き、自分に都合の良い妄想に縋《すが》って、己が得られる戦果を放棄するなど、このイグナイトの面汚《つらよご》しめッ！　恥を知れッッ！』

イヴは、びくりと身を震わせ、真っ青になって押し黙るしかない。

そんなイヴへ、アゼルが淡々と告げる。

『まぁ……とはいえ、万が一のことはある。グレン＝レーダスとセラ＝シルヴァースは、そのまま、王立公園《ロイヤル・パーク》へ向かわせろ。

アルベルト＝フレイザーは……宮殿に引き戻せ。周辺で浮いた戦力は全て、宮殿に引き戻し、ジャティス＝ロウファンの迎撃に当てろ。

そして、貴様はあくまで指揮官として最後までそこを動くな。良いな？』

（～～～ッ⁉）

父のそんな残酷で身勝手な差し手に、思わずイヴは愕然《がくぜん》とした。

恐怖と何かで凍り付いて固まった心が、悲鳴を上げた。

（そんな、父上ッ！　どうして⁉　ここは《愚者》と《女帝》の援護に《星》を回すべき盤面では⁉　お願いします、このままでは――――ッ⁉）

間違いなく、殺《や》られる。

グレンも、セラも、ジャティスに殺されてしまう。

だが、二人が撃破されれば、今度こそ完全に、ジャティスの潜伏場所は確定する。

そうなれば、もうジャティスは逃げられない。

元々、一対帝国軍という無茶な戦いなのだ。いくらでも料理できる。

要するに、これは……イヴが密《ひそ》かに忌《い》み嫌っていた、完全な〝捨て駒〟だ。最後に自分が全てを総取りするための。

（お、お願いします！　宮殿のジャティスは、私がなんとかします……ッ！　せめて、アルベルトだけでも王立公園《ロイヤル・パーク》に……ッ！　父上……ッ！）

だが、そんなイヴの必死の訴えを。

『ならぬ。彼奴《きゃつ》らは所詮、イグナイトたる我らの駒に過ぎぬ』

アゼルは冷ややかに一蹴する。

『貴様は裏切り者の《正義》を仕留め、最大効率で戦果を上げることのみ考えれば、それでよい。それがイグナイト家の大義だ。逆らうなら——わかってるな？』

（う、あ、……で、でも……父上……アルベルトは……現在地的に……宮殿へ戻すには敵軍の中を突破させる必要があって……

だったら、むしろ、グレン達への援護に向かわせた方が……）

『この愚図め。貴様はいつからそれほど盤面が読めなくなった？　王立公園《ロイヤル・パーク》へ向かう《愚者》達のルートを調整して囮にすれば、その邪魔な敵軍を引きつけ、《星》が宮殿を真《ま》っ直《す》ぐ帰還するルートを作れるだろうが。そんな簡単な判断も付かぬのか？』

（し、しかし……しかし……ッ！）

『逆らうのか？』


そのアゼルの言葉に、イヴの心は、バラバラに砕け散った。

そう。イヴは……逆らえない。

イヴは、アゼルの言葉にだけは、なぜか逆らえなかったのである――

――。

――ふと、気付けば。

とっくに、父アゼルからの通信は切れていた。

「………………」

イヴは真っ青になって、過呼吸を繰り返しながら忘我している。

「イヴ殿!?」

「イヴ百騎長！　一体どうしたというのです!?　何を黙って……ッ!?」

周囲の下士官達が、一体何事かとイヴの顔を覗《のぞ》き込んでいる。

しばらくの間、イヴは何もせずに、俯《うつむ》きながら押し黙っていて。

やがて、のそりと顔を上げ、ぼそぼそと指示を飛ばした。

「第一級有事優先特令……《星》へ……アルベルトは宮殿へ戻って……《正義》の迎撃に加勢なさい……グレンは侵攻ルートを変更……〝B－3戦区を迂回《うかい》せよ〟。以上……」

そんな命令を告げて、イヴががくんと席に腰を落とす。

そんなイヴの発令に。

周囲の下士官達は戸惑ったように、顔を見合わせあって。

やがて、慌ただしく動き始め、イヴの指示通りの命令を各方面へ送り始めるのであった。

「…………」

イヴは椅子の背もたれに背を預け、片手で顔を覆いながら天井を仰ぐ。

――〝読んでいたよ〟――

目を閉じれば、あの薄ら寒い笑みと声が、頭の中をガンガンと山彦《やまびこ》のように響き渡るようであった。

（いずれにせよ……もう、取り返しが……つかない……私は……）

ぎり、と拳を握り固めるが、後の祭りだ。

命じてしまったのだ。グレンとセラに。〝死ね〟と。

（いえ、まだよ……まだ……ッ！）

悔しさと自己嫌悪《じこけんお》に溢《あふ》れそうになる涙を、人前であるがゆえに意地で堪《こら》え、イヴがグレンのことを物思う。

（グレン、貴方《あなた》……どんな絶望的な状況でも帰還してきたでしょう……ッ!? 救えないはずの人達を、今まで奇跡のように何人も救ってきたでしょう……ッ！

だから、お願い……どうか、生きて……ッ！ 生き残って……ッ！

セラを守って……ッ！ 二人で一緒に帰ってきて……ッ！ お願い……ッ！）

そんなイヴの願いも空しく——

——。


「畜生……ッ！ 何、考えてやがんだ、イヴの野郎ォオオオオオオオオオ——ッ！」

グレンは特上の怨嗟《えんさ》と憤怒《ふんぬ》と呪詛《じゅそ》を、盛大に吐き捨てていた。

その切っ掛けは、突然、イヴの名で通達された奇妙なルート変更だ。

B-3戦区迂回。王立公園《ロイヤル・パーク》へ向かうには、ほんの少しだけ遠回りとなるルートだ。

当初、グレンは最短ルート上……B-3戦区に、末期発症者達の集団が陣取りでもしたのかと思っていた。だから、それを迂回していけという意図だと思ったのだ。

B-3戦区迂回なら、B-5戦区経由ルート。それしかない。

だが――そこは、末期発症者達が大勢集まる、地獄の最前線であったのだ。

グレンとイヴはすっかり末期発症者達に取り囲まれ、奥まった路地裏を命からがら必死に逃げ回るしかなかったのである。

「どういうことだ……ッ！　ふざけんなよ、イヴゥウウウウウ――ッ！」

背後から追いすがる発症者達へ銃を乱射しながら、怒りで吠《ほ》えまくるグレン。

「グレン君……ッ！　お、落ちついて……ッ！」

セラも無数の風の刃《やいば》を背後へ放ちながら、グレンを宥《なだ》めるが、その表情はすっかり焦燥と困惑に染まり、余裕がない。

「き、きっと……イヴには何か考えがあって……ッ！」

「ああ、そうだな！　楽勝問題だよな!?　俺達が……囮《おとり》に使われたってことはなぁ……ッ！」

「……ッ！」

「頭の中に大雑把に入ってる帝都内の戦況ッ！　各部隊の配置ッ！　もうとっくに合流しているはずのアルベルトが、まだ来てねえ事実……ッ！

盤面見りゃ、実に簡単な兵棋《ひょうぎ》問題だ！　ケツの青い新兵でもわかる……ッ！」

「で、でも……さっき全軍に伝達があって……ジャティス君が、宮殿前の広場に現れたって……」

「偽物《フェイク》に決まってんだろ！　あのジャティスが最後の最後で、そんなクソ下手打つわきゃねーだろうが！　ンなのイヴの野郎だってわかってるはずだッ！

恐らくアイツ……万が一どっちが本物でも、最後に全ての戦果を独り占めできるようにって……ッ！　俺だけじゃなく、セラもいんのに……ッ！　心底見損なったぞ、あの女ァアアアアアアア——ッ！」

「そんな……イヴが、私達を見捨てるわけ……」

「じゃ、なんでアルベルトがまだ来てねえんだよ!?　おかしいだろ、さすがに！」

そんなグレンの剣幕に、セラは押し黙るしかなかった。

表向きは嫌い合い、いがみ合ってはいたが、心の底のどこかで信じていた指揮官に、この土壇場《どたんば》の土壇場でこっぴどく裏切られ、グレンの怒りは頂点に達していた。

そして、すっかり冷静さを失っていた。
ゆえに——彼らの接近に気付かなかった。

がっしゃあああああああああんっ!


不意に、路地裏に面した左右の建物の鎧窓《よろいまど》を破って、無数の末期発症者達がグレン達の上下左右に舞い降りてきたのだ。

「————ッ!?」

「グレン君っ!」

突然、周囲を囲まれたグレンとセラの二人は、流れるような動きで背中合わせになり、互いの死角をカバーするように配置取って戦い始める。

「う、ぉおおおおおおおお——ッ!」

グレンが身体能力強化術式に魔力を全力で通し、影すら踏ませぬ動きで襲いかかってくる発症者達を、殴り倒し、蹴り倒し、腕を摑《つか》んで投げ飛ばす。

直接触れられただけで骨を砕いてくる怪物どもを、辛《かろ》うじて捌《さば》いていく。

「〜〜〜ッ!」

セラがオカリナを吹く。

その周囲に召喚された風の精霊《シルフ》達が回転し、唸《うな》りを上げて、迫り来る発症者達を斬り裂き、吹き飛ばし、跳ね返す。

だが――


「「「「ガァアアアアアアアアアアア――ッ!」」」」

そこへ、背後からグレン達を追いかけていた発症者達の集団が追いつき――

「「「「キシャアアアアアアアアアアア――ッ!」」」」


さらに、前方から待ち構えていたようにさらなる発症者達の集団が圧をかけてくる。

たちまち、グレン達は防戦一方になった。

致命傷を避けるのが精一杯で、捌ききれない。逃げる隙間もない。

発症者達はその壮絶な瞬発力と膂力《りょりょく》に任せ、爪や牙、棍棒《こんぼう》や手槍《てやり》、火かき棒などの凶器で、前後左右から嵐のようにグレン達へと襲いかかり……

「くあっ⁉　クソ！」
「きゃあっ！　うう……ッ！」
たちまち、二人の身体《からだ》がどんどんと刻まれていく——……
と、その時。
死闘の最中、グレンの心臓が、どくんと悲鳴を上げた。
（あ、あれ……？　これ……ヤバくね……？）
今まで、死線上のギリギリで踊ったことは何度もある。
死の気配を感じたことは何度もある。
だが、今、ここで感じているそれは、群を抜いていた。
今までの濃度を、余裕でぶっちぎっていた。
（ヤバイ。ヤバイ。ヤバイ！）
グレンは迫り来る発症者達を必死に撃ち倒しながら、セラの方へ駆け寄ろうとする。
だが、できない。
自分の命を辛うじて拾い続けるのが精一杯で、セラにまったく近づけない。
すぐそこにいるのに、セラまでの距離は無限だ。
「……くぁ……ッ⁉」

そんなグレンの視界の端で、セラが次々と負傷していく。

あらゆる風を縦横無尽に操っては襲いかかる発症者達を退けているが、それでも、セラがゆっくりと削れていく。吹き荒れる風に、彼女の血が舞う。

（ヤバい……守れねえ……ッ！　守りきれねえ……ッ！）

グレンの魂を特大の焦燥業火《ごうか》が焦がした。

セラを守れない。死ぬ。死なせてしまう。

こんな目の前で。みすみす。

全てを過不足なく守れる『正義の魔法使い』。

だが、それに夢破れ、妥協に妥協を重ねて妥協して。

その最後にセラまで守りきれず、失ってしまったとしたら。


（俺は一体……なんのために必死こいてたんだ？　なんで、俺は魔導士なんかに……？）

そして、生きるか死ぬかギリギリな状況での、そんな雑念は。

ギリギリで保っていた拮抗《きっこう》状態を、崩すに充分であった。

がくん、と。

発症者の攻撃をかわした際、グレンは足場を取り違え、致命的に体勢を崩してしまう。

そんな隙を逃す、発症者達ではない。

「「「ガァアアアアアアアアアアア──ッ！」」」

動けないグレンめがけて、四方八方から発症者達が迫ってきて……

グレンが死を覚悟した、まさにその瞬間。


「……大丈夫だよ、グレン君」

そんな優しげな言葉が聞こえた……ような気がした。


『《汝《なんじ》、時渡る狂気と暴威。風に因《よ》りて永劫《えいごう》を引き裂きし者》』

『《汝に仕えし旧《ふる》き神官の系譜──シルヴァースの風の戦巫女《いくさみこ》が此処《ここ》に希《こいねが》う》』

『──《Iya, Ithaqua》』

それは呪文詠唱《スペリング》ではない、オカリナが織りなす旋律だ。

時間としては刹那なのに、まるで時間の流れが狂ったかのように、ゆっくりとその旋律は紡《つむ》がれ、なぜか差し込みが間に合った。

それはグレンも知らない、セラの固有魔術《オリジナル》か秘伝魔術か、あるいは眷属秘呪《シークレット》か。

ただ、わかることは――……

その時、グレンの目には見えない、理解もできない『大いなる存在』が、外界から腕のようなものをこの世界に差し入れ、凄《すさ》まじい暴風で場の発症者達の悉《ことごと》くを、一瞬で握り潰し、バラバラに吹き飛ばした……ということだけだった。

この時セラが使った秘術の正体が一体なんだったのか……グレンが知ることは、ついぞなかったが。

今は、そんなこと、どうでも良かった。


「セラぁあああああああああああ――ッ！」


グレンは、ばったりと倒れ伏したセラに駆け寄り、抱き起こす。

見れば、全身酷《ひど》い有様《ありさま》だ。どこもかしこも発症者に刻まれた深い傷が走っており、血に濡れていない部位なんてない。

当然だ。

彼女はグレンと違い、本来、近接格闘戦を得意とする魔導士ではないのだから。

だが、出血以上に拙《まず》いのは……恐らく、先ほど使用した謎の秘術による衰弱だ。

あまりにも深刻なマナ欠乏症。一刻も早く霊的な集中治療をしなければ……死ぬ。

だが——もし、セラを救うために、ここを退いてしまえば。

この戦争は負け。ジャティスの完全勝利だ。

(どうしたらいい……どうしたら……ッ！)

……そんなグレンの迷いを払うように。

「……行って……グレン君……」

セラが、絞り出すようなか細い声で言った。

「……ッ⁉」

「私達がこうしている間に……帝都中の皆が傷ついてる……一刻も早く……ジャティス君を……止めて……ね？

私の大好きな、格好いいグレン君なら、きっと……そうしてくれる……でしょ？」

にこり、と。

口《くち》の端《は》から血を伝わせながらも、そう微笑《ほほえ》むセラに。

「う、ぉ、ぉおおおおおおおおおおおおおおお——ッ！」

グレンは、セラをその場に安置し、全力で駆け出すのであった。

「待ってろ！　セラ！　すぐにジャティスの野郎をぶっ倒して、お前を助けてやる！

俺は決めたんだ！　お前だけの『正義の魔法使い』になるって！

他の何を失ってもいい！

お前だけは——お前だけは、何があっても守りきってやるって！

だから！　だから——ッ！」

グレンは駆ける。

ただ、ひたすら駆ける。

己の全てをかけて……一人、帝都を駆け抜ける。


————。


グレンが、そこに辿《たど》り着いた、その時。

その男は——ベンチに腰掛け、本を読んでいた。

背もたれにゆるりと背を預け、脚など組んで。開いた本を左手に持ち、器用に左の親指のみで頁《ページ》をめくり、のんびりと本を読んでいる。

タイトルは――『メルガリウスの魔法使い』。

時分は、ちょうど黄昏《たそがれ》時。

暮れなずむ夕日に燃え上がり、朱と黒の陰影織りなす美しい自然公園風景の中、その男の静謐《せいひつ》な佇《たたず》まいは時が止まったようで、まるで一枚の絵画のようであった。

「ねぇ。物語ってさぁ……どうして、〝結末〟が決まってるんだろうね？」

不意に、その男が口を開いた。

楽しげだが、どこかそこはかとない苦悩を滲《にじ》ませるような、そんな口調だ。

「ははは。何をバカなことを……って思うかい？　その感覚は正しいよ。だって、物語は〝作者〟によって紡がれ、描かれ、そして……〝結末〟が定められる。

一度決められて、物語として本の形に装丁された以上、もう誰もその物語の〝結末〟を変えることはできない……そう、たとえそれが……〝作者〟であってもだ」

「………………」

「でも……もし、その定められた物語の〝結末〟を変えられるとしたら……これほど心躍ることはない、と思わないかい？

そして、それが……揺るぎなき正しき正義の行いならば、尚更《なおさら》」

そんな風に穏やかに語る男——元・帝国宮廷魔導士団特務分室執行官ナンバー11《正義》のジャティス＝ロウファンへ。

「寝言言ってんじゃねえぞ、ジャティス。立てよ……さっさとケリつけようぜ」

帝国宮廷魔導士団特務分室執行官ナンバー0《愚者》のグレン＝レーダスは、銃口を向けて、凄絶に凄《すご》んでいた。

彼我《ひが》の距離は約十メトラ。すでに近距離魔術戦の距離《ショートレンジ》——数ある魔術戦の中で、もっとも過酷で苛烈となる間合いの内だ。

「やれやれ、せっかちだなぁ、君は」

ぺらり。ジャティスが親指一本でゆっくりと頁をめくる。

そんなジャティスへ、グレンがまくし立てる。

「てめぇが、なんでこんなクソみてえなバカ騒ぎ起こしたかなんて知らねえ。

興味もねえし、聞く気も一切、さらさらねぇ。

『封印の地』で何があったのかなんて、クソどうでもいいし、聞きたくもねえ！

ただ、死ね！　てめぇはアルザーノ帝国に楯突《たてつ》き、仇《あだ》を為《な》した最低最悪の国家反逆野郎として、惨《みじ》めに無意味に死んでいけ！」

だが、そんなグレンの憎悪《ぞうお》と、憤怒《ふんぬ》と、罵倒を。

「ははは、さすがだねぇ、グレン。君だけは…… 〝読めなかった〟」

ジャティスは、さらりと春風のように受け流してしまう。

「何……？」

「自慢じゃないけどね……僕はこの一連の事変の流れを全て〝読んでいた〟。

完璧に〝読み切っていた〟んだよ。

この時期、タイミングで『円卓会』が臨時開催されることも。

リィエルとクリストフが帝都にいないことも。

アゼル＝イグナイト卿《きょう》だけが欠席することも。

イヴが今回の総指揮を執《と》ることも、特務分室の連中が分断されることも。

途中で、君が僕の真の思惑を見破ることも、イヴが土壇場《どたんば》で判断を誤ることも、セラが負傷で戦線離脱することも……全て、全て、僕は読み切っていたんだよ」

普通の相手ならこんな妄言、ただのハッタリだと一笑に付すところだが、グレンはまったく笑えなかった。

ジャティスには、最早《もはや》、未来予知・予言とすら言っていいほど正確な、謎の行動予測術があるからだ。

「だけど……君の最後の行動だけが〝読めなかった〟」

「……ッ!?」

「君は、僕の計算によれば……セラが負傷した時点で彼女を助けるため、戦線離脱するはずだった。なのに……君はここに立っている。君はまた、僕の計算を超えた。

君は、僕が演出した完璧なる物語に……傷を付けたんだ。

これは、さすがに腹立たしいね。悔しいよ。あれだけ念入りに計算に計算を重ね、検算を繰り返し、入念で完璧なる準備を積み上げたというのに。

君のような三流魔術師が、この僕をノリと勢いだけで上回るなんて。だけどね……」

ジャティスは言葉とは裏腹に、その口元を薄い笑みの形に歪《ゆが》ませる。

「……で、あると同時に、だ。

確かに。君ならやってくる。全ての計算と予測を超えて、ここに立つ。

計算ではなく、心でそう予測して、納得し、期待していた僕がいる。

そんな確率、何度計算し直しても0%なのに。

実際、その0%の光景を前にして、心から感動している僕がいる」

ぽむ……ジャティスが本を閉じて傍《かたわ》らに置く。ゆっくりと立ち上がる。

見慣れた特務分室の魔導士礼服姿ではない。山高帽にフロックコート、ステッキ……どこか大道芸師か手品師じみた伊達《だて》姿だ。

そんなジャティスが、ゆっくりとグレンへ振り返る。

「グレン。君は自分自身を過小評価しているようだが……君は、本当に凄い男だよ。

そうやっていつも、容易に物語の〝結末〟を変えてみせる。

こう見えて、僕は君のことを、心から尊敬しているんだよ。

だからこそ——僕と君のこの戦いこそが、この事変の分水嶺《クライマックス》を飾るに相応《ふさわ》しい」

そう言って、ジャティスはぴっと人差し指を立てた。

「フェアじゃないから、ちゃんと説明しよう。

グレン。タイムリミットは後、十分だ。

後、十分で、僕が仕込んだ最後の仕掛け……『円卓会』のメンバーの中にすでに仕込んであった『天使の塵《エンジェル・ダスト》』の被投与者達が末期症状を発症し、これまでの戦いで完全に手薄になった円卓会議室内を、ズタズタに引き裂くだろう。

古参メンバーも、女王陛下も例外なく、ね。

まぁ、常に護《まも》りの堅い女王陛下と『円卓会』の連中をまとめて一気に暗殺するには、計算上、こういう回りくどい方法しかなかったんだ。

で、それを防ぐには……君が僕を殺すしかない」

「…………」

「さぁ、殺《や》り合おう、グレン。たとえ君が、神の脚本《シナリオ》すら超える演者であっても……僕は君を倒して、僕自身の『正義』を貫いてみせる。

僕の『正義』の方が、君の『正義』より上であることを証明してみせる」

そんな風に真《ま》っ直《す》ぐグレンを見据えるジャティスの目は、どこまでも奈落のようであったが……同時に、一途《いちず》で揺るぎない信念と意志の光に満ち溢《あふ》れていた。

思わず反吐《へど》が出そうな目付きだった。

「俺は、愚者《バカ》だからよ……てめぇの言ってることなぞ、何一つ理解できねえよ。

てめぇが何のためにこんなクソなこと引き起こしたのか……何一つわかんねえ！

だがな……一つだけ、わかりやすいのがあったな？　珍しく気が合うじゃねえか。

ああ、殺ってやろうじゃねーか……このドクソ野郎がッ！

てめぇは——この俺がぶっ殺すッッッ！」

だっ！

グレンがジャティスへ銃口を向けたまま、疾風《はやて》のように駆け出す。

「——そう来なくっちゃね……」

ばっ！

すかさずジャティスが両手を振り、その白手袋から疑似霊素粒子《パラ・エテリオンパウダー》をバラ巻く。

即座にジャティスの周囲に召喚される人工精霊《タルパ》の天使──【彼女の御使い《ハーズ・エンジェル》】シリーズ達。

「はははははははははははは──っ！」

「ぉおおおおおおおおおおおおおおおお──ッ！」

戦場に、ジャティスの高笑いと天使達の羽音。

そして、グレンの咆哮《ほうこう》と銃声が、高らかに響き渡るのであった──

──。


グレンｖｓジャティス。

記録によれば、その戦いは時間にして、およそ数分にも満たない戦いだった。

だが、恐ろしく高度で、恐ろしく密度の高い、凄《すさ》まじい激闘だった。

互いに何か一手でもしくじれば、即座に命を失う──そんなギリギリの死闘だった。

「ジャティスぅううううううう――ッ！」

グレンが容赦なく銃を乱射する。

ジャティスが操る天使達が、悠然とそれを弾《はじ》き返す。

刹那、グレンの左右から二対《つい》の天使が、剣と槍《やり》を振りかざして神速で襲いかかり。

グレンは飛び退《の》きざまに、爆晶石を叩《たた》きつけ、天使達を爆圧で吹き飛ばす。

その爆風の勢いすら利用して、その場を跳躍離脱し――呪文を唱え、雷閃《らいせん》を放つ。

ジャティスが笑いながら駆け出しており、頭を振って飛来する雷閃をかわし、グレンとの間合いを詰め――刹那、抜刀一閃《いっせん》。

ステッキの仕込み刀が、グレンの首を瞬時に刎《は》ね飛ば――さない。

グレンが、銃のバレルで刃《やいば》をギリギリ受け止めている。

すかさず、グレンは両手で銃を下げ、ジャティスの刃を押さえ込み――ざまに、発砲。

魔術装薬・灰色火薬《アッシュ・パウダー》による壮絶な威力の弾丸が至近距離で放たれ、ジャティスの胸部に大穴を開け――ない。

ジャティスが凄絶に魔力を込めた左手で、ギリギリ弾丸を摑《つか》み取ったのだ。

そして、その魔力漲《みなぎ》る左手で、そのままグレンへ殴りかかる。

グレンは、すかさず銃を捨て、同じく魔力を込めた右手でカウンターを合わせる。

──相打ち。

互いの顔が、がんっ！　と回転し、互いの身体《からだ》が吹き飛んで泳ぎ──

いち早く体勢を立て直したグレンが、前へ踏み込む。

だが、ジャティスが咄嗟《とっさ》に左手を振るい、剣の人工精霊《タルパ》を無数に召喚し、それらをグレンへ放つ。

流星群のように、幾百と迫る剣閃《けんせん》の嵐。

グレンが脊髄反射で巻物《スクロール》を抜いて広げ、魔力障壁を展開、それらを受け止める。

どがががががっ！　火花を上げて削れていく魔力障壁。

だが、その刹那。

グレンの背後から、一体の天使がすでに槍を構えて、神速で迫っていた。

だが、グレンは足のつま先で、地面に落ちている銃を蹴り上げて。

振り返りざまに、くるくる落ちてくる銃を引っ掴み、即発砲。

天使の頭部を派手に吹き飛ばす。

その瞬間、巻物《スクロール》の魔力障壁が完全に破壊され、貫通してきた剣の群れが、さらにグレンの背後から大殺到。

辛《かろ》うじて、グレンはそれを横飛び、側転してかわすが——

「……〝読んでいたよ〟」

そこにはすでにジャティスが回り込んでいて、刃を振り上げていて——刃を稲妻のように振り下ろす。

だが、グレンは逃げず、振り返りざまに前へと一歩、鋭く踏み込んだ。

どばっ！　自分が斬られるに任せ、ジャティスの顔面に右拳を叩き込む。

そうすることで斬撃のポイントをずらし、ダメージを最小限に抑えたのだ。

「がはっ！　や、やるねぇ……ッ⁉」

「ぐ、ぎ、ぃいいいい、ぁあああ——ッ！」

血反吐《ちへど》を吐き、斬痕から血をまき散らしながら、グレンが左手を振るう。

魔力が付与された無数の鋼糸が放たれ、ジャティスをバラバラに寸断しようと、空気を切り裂いて飛翔《ひしょう》し——

不意に、ジャティスの背後から顕現した、まるで巨人のような超巨大な人工精霊《タルパ》が、その左手の大剣を振り回し、唸《うな》る鋼糸を全て寸断し——

さらに、グレンの脳天へと、その剣を稲妻のように叩きつける。

だが、グレンはそれを跳躍でかわし、巨人の人工精霊《タルパ》の左腕に着地、そのまま腕伝いに駆け登っていって——

「——《0の専心《セット》》ッ！【愚者の——ッ！」

登りながら、瞬時に空弾倉《シリンダー》を落とし、弾倉《シリンダー》交換し、さらに跳躍。

巨人の人工精霊《タルパ》の眉間へ銃口を押し当てて——

「——一刺し《レイター》】ァアアアアアアアアア——ッ！」

銃声《ドン》ッ！

零距離で放たれるグレンの必滅魔弾が、巨人の人工精霊《タルパ》を木《こ》っ端微塵《ぱみじん》に破壊する。

天を衝《つ》くような衝撃の炸裂《さくれつ》。

破壊の残骸が霊素《エテリオ》に還元され、渦と激風を巻いて輝く中で――

「さすがだ、グレン……ッ！」

「……ジャティスゥウウウウ――ッ！」

空と地で二人の魔術師が凄絶に睨《にら》み合い、次なる一手を模索するのであった。

――。

「もう駄目だ……お終《しま》いだぁ……ッ！」

その時、その場の魔導兵達の誰もが、絶望に噎《むせ》んでいた。

フェルドラド宮殿前庭にて。

ジャティスが両手を広げて、宮殿へ向かって散歩でもするように悠然と歩いている。

そんなジャティスの侵攻を防がんと、魔導兵達は震えながら隊伍《たいご》を組んでいた。

見回せば、すでにジャティスによって倒された友軍の無残な死体が前庭中に転がっており、最早足の踏み場もない。

美しい庭園はすでに、まるで茫漠《ぼうばく》と広がる真っ赤な絨毯《じゅうたん》のようになっている。

「ひ、退《ひ》くな……帝国軍人として……ッ！」

「我々が……女王陛下の最後の盾なのだから……ッ！」

自分達の命運は尽きた。自分達はまもなく死ぬ。

それを理解して、それでも己が務めを最後まで果たそうと。

魔導兵達が、やってくるジャティスへ向かって左手を向け、呪文を唱え始める。

だが、ジャティスはそんな魔導兵達を見て、にやりと笑い……両手を振りかざして、その周囲に無数の人工精霊《タルパ》の天使達を召喚し始める。

「「「…………ッ!?」」」

瞬間、その場の魔導兵達に恐怖と絶望が走る。

あの人工精霊《タルパ》の天使達に、無数の友軍が為《な》す術《すべ》なく破れたのだ。

自分達も同じ運命を辿《たど》るだろう――その場の魔導兵達が死を覚悟した、まさにその時であった。

――紫電一閃。

強烈な稲妻の閃光《せんこう》が、どこからか鋭角に真《ま》っ直《す》ぐ、前庭へと飛来してきて——

ばちゅんっ！　その射線上にあったジャティスの頭部を一撃で吹き飛ばしていた。

ばたり、と。呆気《あっけ》なく倒れ伏すジャティスの身体。

「……なっ⁉」

「今のは……魔術狙撃⁉」

「い、一体、どこから……ッ⁉」

「この辺りに狙撃できるポイントなどあったか……ッ⁉」

あまりにも唐突に自分達の命を救った雷閃の出所を探し、魔導兵達は戸惑いながら、あたりをキョロキョロと見回すしかなかった。

そんな宮殿前庭から、およそ一千メトラほど離れた地点に聳《そび》え立つ、サンシャイン凱旋《がいせん》門《もん》の上に。

一人の男が、宮殿前庭の方角を鷹《たか》のような鋭い瞳で見据え、左手で指さしながら立っていた。

吹き荒れる風が、魔導士礼服の長い裾と長い髪を嬲《なぶ》るに任せたその男の名は——帝国宮廷魔導士団特務分室執行官ナンバー17《星》のアルベルト＝フレイザー。

「……やはり、こちらは偽物《フェイク》か」

アルベルトは、宮殿前庭のジャティスの死体が、人工精霊《タルパ》特有の現象——光の粒子を零《こぼ》しながら崩れていく様を遠見《とおみ》の魔術で確認し、そう呟《つぶや》いた。

「なぜだ？　イヴ。お前ならば……宮殿前に現れたジャティスなど偽物《フェイク》だと百も承知だったはず。なぜ、お前ともあろう女が、こんなつまらぬ判断ミスをした？」

そして、そのままアルベルトは、くるりと踵《きびす》を返して。

「……論じている暇はないか。待っていろ、グレン、セラ」

王立公園《ロイヤル・パーク》へ向かって、帝都の空を建物の屋根伝いに一気に駆け抜け始めるのであった。

だが——それは、アルベルトの疾風脚《シュトロム》の腕前と速度をもってしても。

あまりにも遠く、そして遅すぎた。

ようやくアルベルトが王立公園《ロイヤル・パーク》へ向かい始めたその頃は——もう、すでに全ての決着がついてしまっていたのだ。


——————。

……忘れられがちだが。

グレンは魔術師・魔導士としては……間違いなく三流である。

略式詠唱ができず、魔力容量《キャパシティ》も平均以下。マトモに運用できる軍用攻性呪文《アサルト・スペル》も基本三属のみ。魔術特性《パーソナリティ》すら、現代の一般的な近代魔術《モダン》と噛《か》み合っていない。

そんなグレンが、なぜ特務分室の執行官として、格上の外道魔術師達を相手に、多大なる戦果を上げ続けることができたか？　生き残ることができたか？　と言えば。

それは、彼の固有魔術《オリジナル》【愚者の世界】が、究極の初見殺しであったことに加えて、徹底した不意打ち・暗殺に徹する戦闘スタイルを鍛え抜いたがゆえである。

元々、真正面から魔術戦を行うタイプではない。

逆に、ジャティスは魔術師・魔導士としては……間違いなく超一流である。

おまけに、彼の得意とする人工精霊《タルパ》召喚術は、その性質上【愚者の世界】の効果適用範囲外。

そんなグレンとジャティスが一対一で、真っ向からぶつかったらどうなるか？

……答えは火を見るよりも明らかだ。

「……がは……ッ！」

互いに魂を擦り削るような死闘の末──グレンは血まみれで地に伏せていて。

「くく、くくく、惜しかったねぇ……グレン……」

ジャティスはそんなグレンから十メトラほど離れた場所に、悠然と立っている。

まったく無傷というわけではないが、明らかに戦闘不能なグレンと比べれば、負傷のうちにも入らないだろう。

「……く、そ、……がぁ……ッ！」

うつ伏せのグレンがぶるぶる震えながら顔を上げ、手を伸ばす。

その先には……拳銃が転がっている。

目と鼻の先にあるのだが……どうしても手が届かない。

「……終わりだよ、グレン。終わりだ」

ジャティスが手をかざす。

最後の人工精霊《タルパ》の天使が、ジャティスの頭上に顕現する。

「そして、もう時間だ。僕はこの世界に大いなる正義を為す。

密《ひそ》かに、邪悪なる悪意に呑《の》み込まれようとしつつあるこの世界を、僕が救ってみせるのさ。それが揺るぎなき、正しき、絶対的なる正義」

「ぐ……ぁ……ぁあああ……ッ！」

「さようなら、グレン。

ひょっとしたら、この僕に比肩《ひけん》しうるかも知れない正義だった、我が好敵手。

君のことは永久に忘れない……さらば」

ジャティスが、手を振り下ろす。

それを合図に、人工精霊《タルパ》の天使が剣を構え、動けないグレンへ向かって神速で突進を開始するのであった。


その瞬間。

どくん……妙に強く、魂に響く胸の鼓動。


（……すまねえ、セラ……俺は……）


今際《いまわ》の際に、刹那が無限に引き延ばされる。

世界が色を失い、時間の流れが酷《ひど》く緩慢になる。

そんな灰色の世界の中、グレンが最後に思うのは……愛《いと》しい女の顔だ。

笑った顔、怒った顔、哀《かな》しげな顔……次から次へとセラの様々な顔が、走馬灯のようにグレンの意識を過っていく。

話したいことがたくさんあった。伝えたいことがたくさんあった。
だが、もう何もかもが無意味だ。
結局……何もできなかった。
（俺は、もう……くたばるけどよ……セラ……お前は助かるといいな……）
（そう……お前だけは……さ……）
（お前、だけは……いつか……夢を……）
そんなことをぼんやり思いながら。
グレンが、迫る天使の剣先をぼんやりと見上げていると。
……不意に。
頬に、風を感じた。
母親が子供を撫《な》でるような、優しい風だった。
（……え？）
気がつけば。
グレンの視界に、横からセラが飛び込んで来ていた。

瀕死《ひんし》で動けなかったはずのセラが――振り下ろされる天使の剣の前に、身を投げ出していたのだ。グレンを庇《かば》うように。

その予想外の展開に、グレンもジャティスも目を剝《む》いた。

次の瞬間。

ばっ！

セラの身体《からだ》から、派手な血華《けっか》が上がった。

素人《しろうと》でも一瞬で、一目でわかる致命傷。

一輪の美しき可憐《かれん》なる白花は、今、ここに無残に手折《たお》られる。

「セ、ラ……？」

「……グレン……くん……っ！　今……だ、よ……ッ！」

だが、死に捕まった自分のことなど微塵《みじん》も気にせず、ゆっくりと倒れゆくセラは、何かを訴えかけるように、グレンを見つめて。

瞬間、グレンの身体に稲妻のような衝撃が走り――時が動き出す。

「う、ぉ、ぉおおおおおおおおおおおおおおおおおお――ッ！」

衝動に突き動かされ、グレンが手を思いっきり伸ばす。

その手が銃のグリップに届く。摑《つか》む。

「させない……ッ！」

当然、ジャティスが対応し、さらなる人工精霊《タルパ》を召喚しようと、両手を振り上げようとするが。

だらっ！　ジャティスの腕は――上がらなかった。

いつの間にかセラが放っていた風の刃《やいば》が、すでにジャティスの両腕を斬り裂いていたのだ。

「〜〜〜〜ッ⁉」

「ジャ、ティ、スゥウウウウウウウウウウウウウウ――ッ！」

グレンが両手で構える銃口が上がり――

奇跡的に弾倉《シリンダー》に残っていた最後の弾丸が、火を噴く。

銃声《ドン》ッ！

放たれた弾丸は……正確無比にジャティスの眉間へ着弾し、頭部を貫いていた。

「なるほど……これは……〝読めなかった〟」

最後にそんな言葉を残して、どこか悔しげに、ニヤリと笑って。

ジャティスの身体が衝撃で吹き飛んでいく。

たった一人で帝国を揺るがし、円卓会を心底恐怖させ、帝都中を震撼《しんかん》させた、悪夢のような男——ジャティスは、そのまま呆気《あっけ》なく絶命するのであった。


————。


「セラァアアアアアアアアア——ッ！」

グレンが、真っ赤に染まったセラを抱き起こす。

もうすでにぞっとするほど冷たくなった、その身体を。

「しっかり……しっかりしろ、セラッ！」

グレンがなんとか法医呪文《ヒーラー・スペル》を唱えようとするが、先ほどまでの戦いでとっくに魔力は空だ。そもそもこんな致命傷、通常の法医呪文《ヒーラー・スペル》では治癒不可能だが。

地獄のような焦燥に背を焦がされるグレンの前で、セラが薄《うっす》らと目を開ける。

「げほっ……ごほっ……痛い……グレン君……私……」

〝もう、駄目みたい〟

震えるセラの唇がそんな言葉を形作る。

「畜生……ッ！　ジャティスの野郎……よくも……ッ！」

グレンの全身が怒りに震えた。

セラを殺した憎い仇《かたき》に対する怒りに、それ以上に守れなかった自分自身に対する憤怒《ふんぬ》に。

グレンはぶるぶると震えながら、涙を零《こぼ》すしかない。

もう痛いほどにわかるからだ。

セラとは……これで永遠のお別れなのだと。

あまりにも唐突で、あっけなさ過ぎる別れだった。

「……くそ……セラ……すまねぇ……お、俺は……」

「ううん、いいの……貴方《あなた》が無事で……良かった……」

すでにセラは虫の息だ。言葉を絞り出すのも限界なのだろう。

その声は、まるで囁《ささや》くように小さくなっていく。

草原を吹き流れる心地よい風のようだった声が、もう遠く……ほとんど聞こえない。

「あぁ……でも……帰りたかったな……夢だった……どこまでも広がる……アルディアの草原と……あの……優しい風の匂い……」

「せ、セラ……」

グレンが、セラを抱きしめる。

この世になんとか繋《つな》ぎ止めようと、きつく抱きしめる。

だが。

セラの身体からは、どんどんと命が零れ落ちていく。死神が彼女の手を引き、情け容赦なくどこかへと連れ去っていこうとする。

グレンはもう……何もできない。

そして……最後に。

「ねぇ……グレン……く、ん……」

セラが震える手で、グレンの頬に触れ。

にっこりと、穏やかに、優しく微笑《ほほえ》んで、グレンの耳元に口を寄せて。

「…………、…………を、…………で……」

聞き取れない何事かを囁いた……次の瞬間。

かくり、と落ちるセラの手。

「……セラ？」

セラは何も答えない。

もう二度と笑わない。泣かない。怒らない。

もうグレンに話しかけたり、笑いかけたりしてくれることはない。永遠に。

「…………………………………………………」

グレンは、まるで眠っているようなセラの顔を見つめ続ける。

——私、グレン君の夢、好きだよ？

——大丈夫だよ。私が傍《そば》にいるから。

彼女の言葉が、蘇《よみがえ》る。

――これから、グレン君がどんな道を歩んでも……どんなことを選択しても……辛《つら》いときは……苦しいときは……こうして、頭を撫でてあげるから。

彼女の言葉が、蘇る。

――私、この国、好きだよ？　だって、この国のお陰で……この国にやってきたお陰で……グレン君と会えたんだもの。

言葉が……蘇る。

――グレン君がいるから、私……何も怖くないの。

言葉が、言葉が、言葉が……蘇る。

愛《いと》しい彼女の言葉が。愛しい彼女の笑顔が。次々と脳裏に蘇る。

「…………………………………………………………」

そして――

「あ、ぁ、ぁあああ……ッ！」

――ついに、グレンは崩壊した。

かつて夢見ていた『正義の魔法使い』。

夢破れ、妥協に妥協を重ねて妥協して、絶対にこれだけは守ると誓った最後の一線まで失って。

今、グレンの全てが、完膚なきまでに叩《たた》き壊されてしまったのだ。

「うわぁああ――ッ！」

吠《ほ》えた。吠えた。天に向かって吠えた。彼女を抱きしめて吠えまくった。

それ以外の、この感情の発露の仕方を知らなかった。

「俺は一体……何のために戦ってきたんだぁあああああああああああああああああああああああああああああああああああ――――ッ!?」

そんなグレンの慟哭《どうこく》に呼応するかのように。

すっかり日の落ちた暗闇の空から、大粒の冷たい雨が降り始めるのであった。

――――。

――。

――こうして。

グレンの子供じみた夢の果て――帝国宮廷魔導士団時代は、幕を閉じた。

あの戦いの後、グレンは全てを捨てて、無様に逃げ出した。

セラの戦死者葬儀にすら参列せず、何もかもから目を背けて、セリカの待つフェジテへと逃げ帰ってきた。

毎日、真っ暗な自室に引きこもり、外界の全てを隔絶し、ただ息をして生きているだけの肉になった。

もう、何もかもがどうでも良かった。

ただ、死にたいほど苦しくても自殺だけはできなかった。それをしたら、今度こそ本当にセラがなんのために死んだのか、わからなくなる。

皮肉にも、自分を庇《かば》ってセラが死んだという事実だけが……グレンを辛《かろ》うじてこの世界に繋ぎ止めていた。

そして――時は経《た》つ。

あらゆる痛みと悲しみは、いつだって時の流れが癒やすものだ。

――一年後。

ある日、セリカがグレンに、とある仕事の話を持ちかける。

それは、アルザーノ帝国魔術学院のちょうど一つ空いた講師枠を埋めるための、非常勤講師の仕事。

それを切っ掛けに……グレンの物語の歯車は再び動き始める。

そして、それからさらに時は流れて――……

〜〜〜。

「まぁ……あれから色々あったよ、セラ。……色々な」

そこは帝都オルランド郊外にあるアーレストン英霊墓地。

グレンは、目の前のセラの墓へ、独り言のように語りかけていた。

「……すまねえな、セラ。俺は……腐っちまった。

今はもう『正義の魔法使い』なんて目指すのやめて……教師なんてやってるよ。もう二度と、俺が軍に戻ることはない。『正義の魔法使い』にはならない。

お前が好きだと言ってくれた夢を……俺が目指すことは、もうないんだ。

せっかく、お前に命を救われたってのに……このザマだよ」

グレンが自嘲気味に鼻を鳴らした。

「さりとて、教師が本当に俺の心からやりたいことで、今は新しい夢や未来へ向かって歩いているのかと問われれば……そうでもねえ。

未《いま》だ、どこかに『正義の魔法使い』を諦めきれていない俺がいて……夢は宙ぶらりんのままだ。

一体、俺は……この先、どう生きていけばいいのか……何を目指して、歩いていけばいいのか……未《いま》だにわからねえ。

お前への義理で、惰性で生きているだけだ。

特に、他にやることもねえから……なんとなく教師を続けているだけだ……」

改めて、グレンはセラの墓を見つめる。

当然、セラの墓は何も答えない。石が何かを答えるはずもない。

「すまねえな……俺は……本当に腐っちまった。

俺は、お前にまったく胸を張れねえ……合わせる顔がねえ。

こうして、墓参りするのだって、本当は……

お前は、今の腐った俺を見て……一体、なんて言うんだろうな？

それに……」

グレンの、ただの一つだけの気がかり。心の残り。

もちろん、セラを失ったことは一生癒えぬ後悔であることはさておき。

どうしても、気になるのは……セラの最後の言葉だ。

「あの時……お前は……最後に、俺になんて言おうとしたんだ？」

あの時、グレンは聞き取れなかったのだ。
セラの今際《いまわ》の際の言葉を……聞いてあげることができなかった。
時が経ち、セラを失った痛みをある程度癒やした今でも……それだけが悔やまれる。
セラはあの時、グレンへ何を言おうとしたのか？
罵倒か？　悲哀か？　恨み言か？　嘆きか？　絶望か？　叱責か？
それとも――……
「……考えても仕方ねえか」
そう。もう仕方ないことなのだ。終わったことなのだ。
もう、それを知る機会は、永遠にない。
失われてしまった《Lost》、最後《last》の、言葉《word》なのだから。
そんな風に、グレンがぼんやりと考えていると。
「あああっ！　いたいた！　先生《せんせ》ぇ〜っ！」
遠くから、グレンの教え子達の声と駆け寄ってくる足音が聞こえてくる。

苦笑いして思考を打ち切り、グレンはセラの墓へ背を向ける。

そっと、その場を離れる。秘密の場所を隠す子供のような気持ちで。

「先生っ！」

しばらくすると、そんなグレンの元にシスティーナ、ルミア、リィエル――いつもの三人が集まってくる。

グレンは教え子達を見て、笑みを零《こぼ》した。

「よう、お前ら。終わったようだな？　どうだった？　階梯昇格試験《かいていしょうかくしけん》は？」

「ふふん！　私はバッチリです！　ね、ルミア！」

システィーナがウィンクして、得意げに親指を立てる。

「はい。私もすごく手応えありました。先生がずっと勉強を見てくれたお陰です。本当にありがとうございました」

ルミアが嬉《うれ》しそうに微笑《ほほえ》む。

「……ん。わたしも試験中、すごくよく眠れた。グレンのおかげ」

リィエルも眠たげに目を擦りながら、どこか誇らしげに胸を張っている。

「おう、そうか！　よくやったな、お前ら（約一名除く）！　じゃ、試験も終わったことだし、フェジテに帰って、ぱぁ～っと打ち上げでもすっか！」

「はいっ！　あ、でも、先生？　ここで待ってるとは聞いてましたけど……先生はこんなところで、一体、何をやってたんですか？」

システィーナが周囲を見回しながら、不思議そうに小首を傾《かし》げる。

「あん？　こんな場所に来る理由なんて決まってるだろ？　墓参りだよ」

グレンは、なんでもないことのようにさらりと、おどけて言った。

「えっ？　墓参り……ひょっとして、軍時代の……？」

「おう、大体そんな感じだ」

「あ、その……すみません、私としたことが、無神経なことを……」

「気にすんな。もう終わったことだからな」

ぽん、とシスティーナの頭に手を乗せ、グレンは穏やかに笑った。

「それより、早く帰りの駅馬車捕まえねえとな。どっかの宿場で一泊する羽目になるぜ」

「そ、そうですね、急ぎましょう！」

そんなやり取りをして。

グレン達は連れだって、その場を離れていくのであった。

そして、駅馬車乗り場へ向かう道中、グレンの隣を歩くシスティーナが振り返り、後ろでルミアがリィエルの世話をしているのを確認して。

そして、二人へ聞こえない声で、そっとグレンに言った。

「あ、あの……先生？」

「なんだ？」

「その……もし、先生が良かったらですが……帰り道の馬車の中で、セラさんのこと……聞かせてくれませんか？」

そんなシスティーナに、グレンはしばらく驚いたように目を瞬《しばたた》かせ。

やがて、苦笑いして返す。

「……鋭いな。女の勘ってやつか？」

「えっ!?　い、いえ……そんな……っ！」

システィーナが顔を赤らめ、わたわたと手を振った。

「じ、自分でも無神経なことはわかってます！　もし、気に障《さわ》ったなら謝ります！　二度とこんなこと聞きませんからっ！」

「いいぜ」

意外と、グレンはあっけらかんとそう答えた。

システィーナがグレンの顔を見ると、思った以上にすっきりとした表情だった。

「未だ、俺の未来はよく見えんが……過去は過去だ。そのくらい割り切れなきゃ、それこそ、アイツに怒られちまうからな。
たまには……そういうのもいいだろ。だとしたら、さて……何から話すかな」
話の内容を頭の中で整理しながら。
グレンは、どこか穏やかな心持ちで、歩いていくのであった。

（……また、来るわ）

心の中で、そう言い残して、グレンはセラの墓標に背を向け、歩いていく。
システィーナ達と共に、ゆっくりと歩いていく。
見上げる空は、どこまでも抜けるように青かった――……

あとがき

こんにちは、羊太郎《ひつじたろう》です。

今回、短編集『ロクでなし魔術講師《まじゅつこうし》と追想日誌《メモリーレコード》』第十巻、刊行の運びとなりました。

十巻……ついに、十巻まで来ちゃったよ、コレ……

十巻といったら、普通に長編ライトノベルクラスですからね……まさか、短編集だけでここまで来られるとは、当初思ってもみなかったです！

毎回しつこいですが、ここまで来られたのも、編集者並びに出版関係者の方々、そして本編『ロクでなし』を支持してくださった読者の皆様方のおかげ！　マジで！　本当に！

そして、やっぱり今回もこう言わせていただきます！　いつもいつも本当に、ありがとうございます……とッ！

さて、今回も張り切って各短編作品解説行きます！

ちなみに今回、収録された短編の本数がいつもと比べて一本少ないのは、大体、お察しの通り、あの話のせいです（笑）。

○セリカの南海大冒険

『ロクでなし』に、唐突に無理矢理ねじ込んでしまった海洋冒険ものです（笑）。

いや、実は僕、海賊ものとか、海洋冒険ものを、ライトノベルですっげぇやりたいんですよ。

でも、その企画を提出しても、僕の歴代担当編集に悉《ことごと》くボツられてるんですよね！　くそう！　なぜだ！　まぁ、時代は魔法ファンタジーとラブコメ全盛で、海洋冒険ものは難しいかもしれないけどさぁ!?

そんなわけで、そのような羊の怨念から生まれた短編がコレです。後、なんていうか……セリカというパワーキャラが、ドタバタギャグをやるのに便利過ぎる。

○家なき魔術師

イヴちゃんメイン話。なんでか知らんけど、作者も想定外の読者人気を叩《たた》き出したイヴちゃん（第二回人気投票堂々一位）ですが、本編ではいつも酷《ひど》い目にあっているから、せめてコメディ短編では幸せになって欲しい……と思いつつも、やっぱり酷い目にあっています（笑）。

だって、イヴちゃんはハードな展開というか、酷い目にあっている時が一番、可愛《かわい》い。つい虐《いじ》めたくなっちゃうぜ……ッ！

○熱き青春の拳闘大会

唐突に思いついたスポ根もの。当初の動機は不純ですが、グレンがまっとうに熱血している珍しい話と言えるでしょう。さらには、話中でギャグを主に担当しているのが、グレンではなく、イヴとシスティーナというさらに珍しい話です。

短編だと色々なキャラの様々な側面を見せることができて本当にいいですねぇ。

ちなみにこの話でゲスト出演したあの人ですが、実はロクでなし本編21巻でも、ちらっとさりげなく登場していたりします。

もし、気になる御方は是非、探してみてやってください（笑）。

○Lost last word

今回の書き下ろし短編。

とうとう、ここまで来てしまったか……そう、グレンの帝国宮廷魔導士団時代の最後の戦い。グレンとセラの話です。

二人の顛末《てんまつ》は、すでに本編で開示されている通り。これは、最初からバッドエンドが確定してしまっているエピソードです。

ですが、グレンが何を抱えて戦い、何を置き去りにしてきたのか。何を思って彼女のいない今を生き続けているのか。『ロクでなし』の根幹を物語る超重要なエピソードでもあります（あと、やっぱり『正義』のあの人が、無駄に生き生きしています（笑））。

グレンが軍属時代最後の戦い……どうか見届けていただければ幸いです。


今回は、以上ですね。

『ロクでなし』本編はもう完全にクライマックスです。エンディングまで、後もう少しですが、どうか最後まで『ロクでなし』をよろしくお願いします！

近況・生存報告などはtwitterでやっていますので、応援メッセージなど頂けると、羊は大喜びで頑張ります。ユーザー名は『@Taro_hituji』です。それでは！

羊太郎

初出

セリカの南海大冒険
Celica's South Seas Adventure

ドラゴンマガジン2021年9月号

家なき魔術師
The Homeless Sorcerer

ドラゴンマガジン2022年1月号

熱き青春の拳闘大会
The Red-Hot Boxing Tournament

ドラゴンマガジン2022年3月号

Lost last word
書き下ろし

Memory records of bastard
magic instructor

富士見ファンタジア文庫

ロクでなし魔術講師《まじゅつこうし》と追想日誌《メモリーレコード》10

令和４年11月20日　初版発行

著者――羊《ひつじ》 太郎《たろう》

発行者――山下直久

発　行――株式会社KADOKAWA
〒102-8177
東京都千代田区富士見2-13-3
0570-002-301（ナビダイヤル）

印刷所――株式会社暁印刷

製本所――本間製本株式会社

※定価はカバーに表示してあります。
●お問い合わせ
https://www.kadokawa.co.jp/（「お問い合わせ」へお進みください）
※内容によっては、お答えできない場合があります。
※サポートは日本国内のみとさせていただきます。
※Japanese text only

ISBN978-4-04-074772-9 C0193 ◇◇◇

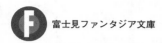

最強の初恋
シリーズ
好評発売中!
F
ファンタジア文庫

騙しあい。

各国がスパイによる戦争を繰り広げる世界。任務成功率100%、しかし性格に難ありの凄腕スパイ・クラウスは、死亡率九割を超える任務に、何故か未熟な7人の少女たちを招集するのだが――。

シリーズ
好評発売中！

ファンタジア文庫

世界最強の
“不可能任務”に挑む少女たちの
痛快スパイファンタジー！
スパイ教室
竹町
illustration
トマリ

切り拓け！キミだけの王道
ファンタジア大賞
原稿募集中！
賞金
《大賞》300万円
《金賞》50万円
《銀賞》30万円
選考委員
細音啓「キミと僕の最後の戦場、あるいは世界が始まる聖戦」
橘公司「デート・ア・ライブ」
羊太郎「ロクでなし魔術講師と禁忌教典《アカシックレコード》」
ファンタジア文庫編集長
前期締切 8月末日
後期締切 2月末日
公式サイトはこちら！ https://www.fantasiataisho.com/
イラスト／つなこ、猫鍋蒼、三嶋くろね